「所謂的美麗
就是指我。」
白鳥
Swan

「確實很美。」
Farming life in another world. Volume 14

「好啦，要上嘍──」

「連射式水竹砲！
發射！」
Farming life in another world. Volume 14

「燒了它。」

飛毯
（魔法生物）
Flying Carpet / Magical Creature
「冷、冷靜一點。」
Farming life in another world. Volume 14

異世界悠閒農家

Farming life in another world.

Presented by Kinosuke Naito

Illustration by Yasumo

序章　魔法生物　013

第一章　春宴　021

第二章　邁向夏天　085

第三章　昔日的空氣　159

終章　創作與畢莉卡騷動　245

內藤騎之介

插畫 やすも

Farming life

in another world.

Kadokawa Fantastic Novels

異世界悠閒農家

Farming life in another world.

Prologue

Presented by
Kinosuke Naito
Illustration by
Yasumo

〔序章〕

魔法生物

這是兩千五百年前的故事。

我是個還算有點實力的魔法師。

出版過好幾本魔導書，就連王都的知名魔法學者都會來向我求教。

即使不能說是這個國家的第一人，至少也該有前十吧。

只不過，我沒什麼名氣。從事魔法相關工作的人裡……每十個會有一個……不，大概每八個會有一個認識我，一般人則根本沒聽過。

為什麼啊！

不用吶喊，我自己心知肚明。因為我的專業領域是魔法生物。

魔法生物。

賦予無機物魔力而誕生的生命體，統稱為魔法生物。說到人們比較熟悉的……聰明劍（Intelligence Sword）、思考護符（Thinking Amulet）和智慧掃帚（Intelligence Broom），有名的大概就這些吧。

有自我意識且會順應狀況自主行動，這點相當方便。至於那些有對話功能的，應該非常適合陪伴獨居者。

這些東西基本都是人造物——雖然很想這麼說，實際上自然產生的魔法生物也不少。至於自然產生的…………以長得像寶箱的魔物（Mimic）和會動的岩石（Rolling Rock）為例，應該比較好懂吧。

我研究的就是這些魔法生物。

魔法生物研究，說穿了不怎麼受歡迎。

可能有人會疑惑，明明有些魔法生物能在日常生活派上用場，為什麼會這樣？不過實際見過現場就會明白。

啊～有智慧的掃帚比較簡單易懂，就拿這個當範例吧。

某戶人家的智慧掃帚沒辦法對話，但是它很愛乾淨，每天都會把屋子裡的塵埃集中在一起，然後掃到外面去。這個智慧掃帚非常優秀，沒有任何問題。

另一戶人家的智慧掃帚則能夠對話。所以這把掃帚儘管能看家，卻有點多話。它會將灰塵集中在一起，但是不肯掃到外面，只是一味地堆在屋子中央。如果主人把這些灰塵清掉，它會非常生氣。

這樣各位懂了吧？魔法生物的個性太過鮮明。

即使誕生時一樣，也會隨著日後的環境有所變化。而這一變就糟了。假如看見隔壁的智慧掃帚很勤快，自己也因此試著買了一把，這把掃帚卻有可能完全不幹活。

人們會出高價買這種東西回家嗎？答案是不會。頂多就是我這種魔法師為了輔助自己的生活造出來用用。

也就是說，就算研究也吸引不到關注。

研究這種領域的人，知名度可想而知！

啊啊，為什麼我要挑魔法生物當專業領域啊！好想要認同感！來個人讚美我啊！

好的，我冷靜下來了。抱歉打擾大家。

我偶爾會因為情緒不穩變成這樣，還請見諒。

言歸正傳……

我研究賺不了錢的魔法生物。

所以總是為了研究經費發愁。

純粹度日倒還應付得過去，但要投入研究，錢實在不夠。

這種情況下，就該找金主贊助，可是魔法生物研究根本找不到金主。因為沒有回收成本的指望。

不得已，我只好心不甘情不願地……承接外面的工作。

我是個一流的魔法師，即使工作內容在專業領域之外，大致上也都應付得了。

雖然常有人勸我把研究主題改為魔法生物以外的東西，那叫做多管閒事。

我有個夢想。

我想過那種「自己光是坐著不動，魔法生物就會幫忙做完所有家事」的生活。

那邊的聰明劍，不要講什麼買個奴隸回來教育就好。我反對奴隸制度！可不是因為什麼害怕和人相處啊！更何況，私人空間有我自己就夠了，光是想到有別人會闖進來就覺得可怕。是是是，我會一輩子單身啦。不用你講，我也有心理準備！

總而言之，我要搬家了。不是臨時起意。

只是從外面接的工作稍微觸犯法律，因此遭到通緝而已。唉呀，囉嗦。至少賺到錢了。動作快！

小意思，我很擅長搬家。因為我的研究成果能發揮功用。

首先是智慧箱（Intelligence Box）！幫我收納、整理東西！

我手邊這些智慧箱，在製造時有盡可能讓它們個性一致，而且做得還算成功。

只不過，箱蓋有些凸起，導致它們沒辦法堆疊，所以賣不出去。

再來是飛毯！可以把東西放在毯子上，讓它幫忙空運！

我手邊這塊魔法飛毯很大，足足有十公尺見方。這麼大的飛毯很少見，所以是訂製的。因為是訂製的，所以非常貴！

不過，它可以運很多東西！雖然因為太大，平常沒地方擺導致賣不出去，這回卻派上用場了。

我知道，聰明劍也會記得帶走。它可是能理解我研究的寶貴存在，我才不會丟下它。

其他能塞進箱子裡的統統塞進去，開始移動！

好吧！前進！

哇！追兵已經來了！快點！

喂，慢著，飛毯！這路線是怎麼回事？從「死亡森林」上空通過？那裡很危險耶！唉，總比被抓到

哦哦！很快嘛！明明堆了這麼多行李！哈哈哈哈哈！誰也追不上我！

穿越「死亡森林」上空並且甩掉追兵之後，我大吃一驚。

因為堆在飛毯上的行李……應該說智慧箱，只剩下大約一半。

…………

這是怎麼回事？

為了飛得快一點，把它們丟下去了？你在搞什麼啊！

不、不行，要罵晚點再罵。必須先確認掉了什麼東西！

喂，呀啊啊啊啊！裝了寶貴魔法人偶的箱子不見啦！

沒錯，就是人稱魔法生物終極形態的魔法人偶！雖然是源自「把人偶做成魔法生物會怎麼樣」這種

簡單的想法，卻變成超危險物品的那個啊！

回頭去找！要是丟著不管，我就要變成大壞蛋了！我雖然不在意法律，卻沒有淪落到對陌生人造成危害也能不當一回事！

等等，東西是掉在「死亡森林」裡面對吧？怎、怎麼辦啊——！

這種時候就要靠聰明劍！想個主意出來！

「主人，換個方向思考。東西不是掉在『死亡森林』，而是封印在『死亡森林』裡。」

……你是天才嗎！

「我其實有這麼聰明。」

好，把弄丟東西這件事忘掉！總而言之，再往前一點應該就有城鎮了。

暫時躲在那裡避避風頭吧。小事情，反正不需要躲太久。我已經送信給司法界的朋友和有些權力的貴族請他們幫忙，所以通緝應該很快就會解除。不過嘛，恐怕得有躲上一兩年的心理準備就是了。

幸好我現在有錢了，就專心研究魔法生物吧。

異世界悠閒農家

Chapter.1

Presented by Kinosuke Naito
Illustration by Yasumo

〔第一章〕

春宴

01.住家　02.田地　03.雞舍　04.大樹　05.狗屋　06.宿舍　07.犬區　08.舞臺　09.旅舍　10.工場
11.居住區　12.澡堂　13.高爾夫球場　14.進水道　15.排水道　16.蓄水池　17.泳池與相關設施
18.果園區　19.牧場區　20.馬廄　21.牛棚　22.山羊圈　23.羊圈　24.藥草田　25.新田區　26.賽跑場
27.迷宮入口　28.花田　29.遊樂設施　30.看守小屋　31.正規遊樂設施　32.動物用溫水浴池
33.萬能船專屬船塢　34.世界樹　35.高爾夫球場　36.高爾夫相關建築　37.養蝦池

1 第十八年春天

聽到蓄水池破冰聲，我想說春天應該不遠，結果真的很快就入春了。

早安，座布團。妳的孩子們很努力喔。還有，哈克蓮已經生了。是雙胞胎。他們正在睡午覺，醒了之後我會和妳說一聲，希望妳可以看看他們。

嗯，德斯非常高興……應該說，宴會還沒結束。我原本以為是在開玩笑，可是看樣子他們真的打算持續到拉絲蒂生產。想參加也可以，但是要適可而止喔。嗯，座布團應該沒問題就是了……烏爾莎撲到座布團身上。接著是阿爾弗雷德和蒂潔爾。畢竟很久沒見面了嘛。

不過，我倒是比較想先把薇爾莎介紹給座布團牠們…………奇怪？薇爾莎去哪裡了？明明剛才還在這裡……

薇爾莎剛剛似乎躲到宅邸中的某個地方。

之所以說「似乎」，是因為座布團用絲把她捆了之後帶過來。嗯，雖然躲起來很可疑，她不是可疑人物喔。話說回來，薇爾莎為什麼要躲起來啊？

心血來潮？真的嗎？呃，事到如今我對薇爾莎的奇特行徑也見怪不怪了。

不久前和始祖大人一同來到村裡的薇爾莎，一開始還很老實，可是帶她在村裡到處參觀之後，她就開始出現一些奇妙的行為。

首先，她在牛和馬的面前變得很亢奮。我以為是創作的一環，然而並非如此。

「神馬（God Horse）……還有神牛（God Cow）……居然這麼多……」

妳在胡說什麼啊？那些都是普通的馬和牛耶。只是聰明了點而已。

然後在山羊面前……

「山羊……？這是……山羊？」

就在薇爾莎這麼嘀咕時，山羊已經撞了上來。比想像中還要痛對吧？我懂。

不過，拜託別拿雪球丟山羊。不但砸不中，還會讓牠們洋洋得意。

帶薇爾莎參觀中庭時，一個不注意就發現她被雞群追得到處跑。我想大概是因為她想把蛋拿走。

哪些蛋可以拿，都已經先談好了。一旦對其他的蛋出手，就會被雞追著跑。嗯，被雞啄很痛對吧？我懂。

「神雞（God Bird）……」

拜託不要什麼東西都冠個神字上去。看吧，雞群首領馬上就得意地叫了起來。

大樹附近的神社。

「眼睛……我的眼睛啊啊啊！」

呃，明明已經告訴過妳會發光了……而且，光沒有那麼刺眼吧？先前火華琉出生時還比較亮。

總而言之，既然沒事了就繼續參……沒有強迫，不用硬撐啦。

一看見在宅邸走廊上漫步的不死鳥幼雛艾基斯，薇爾莎就躲了起來。

…………

艾基斯不會衝過來啄妳啦。

不是這樣？那麼為什麼……？

薇爾莎觀察艾基斯一會兒後，好像得到了什麼結論，於是很普通地應對。到底怎麼回事啊？

看見德斯他們的宴會，薇爾莎先是有些驚訝，之後便一起參加了。

妳好像很習慣這種場合耶。不，這並不是什麼壞事。

只不過，德斯和基拉爾意見相左時，妳選擇站在基拉爾那邊，有什麼理由嗎？沒和妳那個嗜好扯上關係吧？兩者無關？那就好。

不過，馬克、德萊姆、德麥姆、廓倫，你們都去和自己老婆待在一起。最好是挽著手臂或牽手。聽我的，照我說的去做就對了。

嗯？怎麼啦，德萊姆？

老婆葛菈法倫都在顧拉娜農，不肯陪你？這個嘛，畢竟她只能趁拉絲蒂懷孕的這段時間照顧外孫女嘛，這也是難免。注意不要在薇爾莎面前靠近其他男性。喔，我也包含在內。

雖然她已經答應過，待在這個村子裡的時候會收斂……但也只是「收斂」，還是小心一點。

言歸正傳，為什麼薇爾莎要站在基拉爾那邊？喔，因為以前打仗的時候暗黑龍是友軍……基拉爾的祖先嗎？

大家熱烈地談論起以前的暗黑龍。

妖精女王和薇爾莎見面時，兩人都愣住了。

這種狀況持續了一段時間。就在我開始煩惱該怎麼辦時，卻看見她們走向彼此且伸手相握。似乎締結了某種協定。

即使我問是什麼協定，她們也不肯說。

按照我的猜測，畢竟雙方都活了很久，以前總會有些丟臉的事蹟，大概決定要為彼此隱瞞吧。不過，既然能和和氣氣地一起吃鬆餅，應該不成問題。

除此之外，還有吃到鬼人族女僕的料理後大為感動，看見世界樹後大為震驚。

鬼人族女僕端出的料理，就是在「五號村」的料理大會贏得優勝的作品，好吃很理所當然，但也不需要吃到流淚吧？

我原本覺得薇爾莎差不多也該冷靜下來了，沒想到還不能掉以輕心。

總而言之座布團，先幫薇爾莎鬆綁。剛剛還來不及為妳介紹，這位是始祖大人的太太。

…………嗯？座布團、薇爾莎，妳們兩個認識啊？

「不不不不不不不不不不不不，我哪敢妄稱彼此認識。」

薇爾莎，不用那麼拚命地否認吧？

喔，座布團，她好像是侍奉魔神的三十七位軍團長（Legatus Legionis）之一……薇爾莎，妳為什麼要制止我？

「待在這個村子的期間，我會澈底封印那個嗜好，那件事還請千萬保密。」

雖然不太明白怎麼回事，既然薇爾莎都這麼說了……知道了。那就說定嘍。

座布團起床，就讓人覺得春天來了。

嗯，今年也好好加油吧。

2 暖桌與軍團長

總而言之，春天有些事不能不做。那就是把屋裡的暖桌收起來。如果不趁換季收拾，它就會一直擺在那裡。

因此，我帶著瑞吉蕾芙與鬼人族女僕們巡迴宅邸的各個房間。儘管遭到劇烈的抵抗，暖桌仍舊一組又一組地收了起來。

原本預期還在開宴會的德斯他們那邊會是個難關，最後以火華琉和火御子當誘餌成功突破。雖然瑪爾比特窩在暖桌裡頑抗，我們這邊有瑞吉蕾芙在，因此強制撤掉了。原諒我吧。下個冬天就能和暖桌重逢了。

古隆蒂在宅邸裡使用的那組暖桌，則出乎意料地難以處理。我們遇上雙頭犬歐爾的頑強抵抗。

詢問古隆蒂之後，才曉得歐爾似乎將這組暖桌當成古隆蒂、基拉爾、古拉兒以及歐爾一家團聚的象徵。要把暖桌收起來的我，在牠眼裡恐怕是個大壞蛋，牠吠得一點也不客氣。

歐爾啊，我不太想強調什麼上下關係，但這間屋子的主人可是我喔？更何況，如果只有這個房間的暖桌留下，會帶來很多麻煩。一定會有尋求暖桌的成員聚集在這裡，這樣一來也守護不了家族團聚喔？

而且，村裡為古拉兒蓋的那間屋子裡也有暖桌吧？那邊的收不收不歸我管，而是交由古隆蒂判斷。雖然她最近一直待在這裡就是了。

我的說服不管用，到頭來還是由古隆蒂安撫歐爾，才好不容易回收成功……古隆蒂，基拉爾抓著暖桌的棉被不放耶？

「基拉爾？喔，村長指那頭一直泡在宴會裡的龍是吧。」

…………

基拉爾，古隆蒂看起來很生氣耶，怎麼回事？吃飯那件事已經擺平了吧？還沒完嗎？不是那樣？如果是這樣……基拉爾，你先前一直待在宴會那邊，難道沒得到古隆蒂的許可？不會吧？拜託，告訴我不是這樣。不要別開視線！還有，放開暖桌的棉被！

要用暖桌再團聚一次？所以希望我晚點再收？

……………

於是我決定延後一天。希望基拉爾想辦法與太太和好。

歐爾，我知道你站在古隆蒂那邊，但是別對基拉爾吠得那麼凶。基拉爾應該在反省了…………你在反省了吧？

扣掉古隆蒂那邊的暖桌之後，只剩下我房間的暖桌。嗯，應該沒問題吧。畢竟我們一抵達，平常使用那組暖桌的小黑和小雪就出來了嘛。趕快收起來吧。

……………

小黑、小雪，不要每次看到我們把暖桌搬走，就叫得那麼悲傷好嗎？就、就算用那種眼神看我，也不行喔。

不過，嗯……呃，該怎麼說呢？就留到古隆蒂那邊的暖桌收起來為止吧。明天就要收掉嘍。

和我一起行動的鬼人族女僕們好像有話要說，怎麼啦？

「村長太寵小黑先生和小雪女士了。」

…………嗯，我有自覺。

坐在椅子上的薇爾莎，讓貓趴在腿上發呆。就算出聲喊她，反應也很慢。是因為將那個嗜好澈底封印的關係嗎？她看起來就像一朵枯萎的花。

雖然想找始祖大人商量，他在海岸迷宮和薇爾莎長談期間累積很多工作，暫時沒辦法來村裡。畢竟他忙到就連替薇爾莎介紹村子都得途中和我換手。

既然已經決定接納薇爾莎入村，就不能放著她不管。

好啦，該怎麼辦呢？

…………

為什麼她不惜封印造成這麼大影響的嗜好，也要隱瞞自己是侍奉魔神的三十七位軍團長之一這件事？還特別強調不能讓座布團知道。

難道說，身為軍團長之一是假的？不，應該不會。儘管相處時間不長，我不覺得薇爾莎會一直欺騙始祖大人。

那麼，理由到底是什麼？我很有毅力地從反應遲緩的薇爾莎口中問了出來。

魔神在某場戰役之前，已經預感到自己會敗北。於是，他對三十七位軍團長留下近似遺言的命令。

好比說，「整合北方的小勢力」。好比說，「守住南方城寨，不能讓給任何人」。好比說，「潛伏在西部，等待時機」。可能因為沒有時間吧，都是些簡單的命令。

魔神留給薇爾莎的命令，則是「忘掉軍團長這個身分，自由地活下去」。

……原來如此，自稱三十七位軍團長之一等於違反命令。然而，薇爾莎無法忘記至今曾和自己並肩作戰的魔神以及其他軍團長，即使躲了起來，還是以軍團長自稱吧。

…………

確認一下，為什麼這點需要瞞著座布團？難道說，座布團也是軍團長之一？不是？也對，我實在不覺得座布團會參加那種危險的團體。

當軍團長的是不死鳥幼雛艾基斯和妖精女王？

…………

艾基斯不久前還是一隻走路比飛行快的鳥耶？至於妖精女王，她根本就是個只知道陪小孩玩耍和吃鬆餅的自由人……

他們兩個是軍團長？開玩笑的吧？

艾基斯會那麼弱，是因為還沒長大？呃，嗯，是這麼說沒錯……因為是幼雛，過去的記憶和力量還沒恢復？等到長大了，記憶和力量恢復，就會變成能將整個國家燃燒殆盡的天空之王？記憶和力量……難道說，長大之後牠就會換個人格或說鳥格？艾基斯變得不再是艾基斯……這點不用擔心？成年狀態也和現在差不多？而且記憶和力量恢復還要等很久……喔，還要等個五～六百年啊？那就好。

……真的好嗎？有點不安。改天摸摸艾基斯吧。

然後，妖精女王會率領神出鬼沒的妖精大軍往來各地折磨對手？呃，嗯，確實以妖精女王的能力來說做得到啦。

在軍團長之中，她大概是第五～第六恐怖？難以想像耶。畢竟在村裡我只看過她玩或者發懶。

不不不，我不覺得薇爾莎在說謊。可是，既然妖精女王是軍團長，不就得一併對她保密了嗎？妖精女王以前就沒在管其他軍團長的事，現在也一樣，所以只要別多嘴提過去的事就沒問題……原來如此。

唔嗯～艾基斯和妖精女王是軍團長啊……每個人都有過去呢。史正，不死鳥和妖精都有過去呢。

………

離題了，為什麼需要對座布團保密？不能說？呃，嗯，我不會強迫妳講啦……但有件事我得確認一下……該不會座布團其實就是魔神？不是？那就好。

話說回來，窩在薇爾莎腿上的萊基耶爾。看你一副有話要說的樣子，怎麼啦？我們講的萊基耶爾是魔神，不是你喔。如果鬧得太凶，薇爾莎會指著你講什麼神貓(God Cat)，要克制一點。

「貓就是貓。好乖、好乖。」

我知道，開玩笑的。

啊啊，即使摸下巴，萊基耶爾也不會開心，要摸就摸背或後腦勺。慢著，額頭是給高手摸的。隨便亂摸會嚇……怎麼可能！萊基耶爾居然很高興！就算是我，也花了很長一段時間才能摸那裡耶！薇爾莎，這是很了不起的成就喔！摸的時候應該要表現得更開心一點！

如何？打起精神了嗎…………還是不行啊。

嗯～要怎麼樣才能讓薇爾莎打起精神呢？

雖然只要將那個嗜好解禁就可以了，我能肯定這是個壞主意。我再想一下吧。

隔天早上。

瑪爾比特窩進了我房間的暖桌。嗯，我早就料到會這樣。

等到古隆蒂那邊的暖桌收起來了，這邊的暖桌也要收起來。就算妳拉攏奧蘿拉和蘿潔瑪莉亞，也沒用喔。

3 轉換心情

裸著上半身還矇著眼睛的魔王擺出伏地挺身姿勢，我隨機挑了一隻貓放到魔王背上。

「薩麥爾！」

正解……下一題。

「烏兒！」

正解……那麼，兩隻。

「艾利爾和米兒！」

正解……看我虛晃一招。

「…………………………………………………………騎在蒼月背上的米兒、拉兒、烏兒和加兒！」

哦哦，完美。不愧是魔王。

我連一題都沒答對……這就是愛嗎！還有，背上頂著蒼月還能做伏地挺身也實在有夠厲害！

問我們在幹什麼？

這是工作之餘的放鬆。因為近來有點忙。

我知道這樣不對。

要放鬆應該做點別的事。房間外有數不清的小黑子孫們在活動筋骨、甩動四肢，熱身做準備。往上一瞧，座布團的孩子們也用期待的眼神看著我。

…………

這不是在陪貓玩，而是在陪魔王玩。接下來，我們和文官少女組還有重要的會議要開喔。

如果我這麼說，小黑的子孫們與座布團的孩子們應該會乖乖離開……同時還會露出寂寞的眼神。

不能讓牠們露出那種眼神。看來今天的工作就到此為止了。

我帶著小黑的子孫們與座布團的孩子們前往森林。

打獵。

這樣能同時陪伴小黑的子孫們和座布團的孩子們，非常方便。缺點是牠們有可能受傷，不過年長個體會看顧全員，所以倒也沒那麼容易出事。

座布團的孩子們負責找出獵物，小黑的子孫們則把獵物往我這邊驅趕。

…………

其實不需要由我解決吧？呃，我還是會處理啦。

長了獠牙的兔子、巨大野豬、肥鼬鼠……都是寶貴的糧食。要確實地解決掉。

這麼說來，出現在哥洛克族住處「東方迷宮」的血腥蝮蛇群，似乎順利地移動到別處了。哈克蓮興沖沖地跑去那邊，結果只抓到一隻，讓她很遺憾。

不過，儘管哥洛克族平安無事，「東方迷宮」還是受到了損害，所以我們的訪問延期了。原本想說至少打聲招呼，然而哥洛克族表示這樣有失禮數，請我們體諒，所以也不能硬是跑去。真遺憾。

不知不覺間，高等精靈們出現在我身邊，幫忙對獵物做放血處理。打獵畢竟是高等精靈們擅長的領域，手腳真是俐落。

然後，烏爾莎、阿爾弗雷德與蒂潔爾也在。他們三個正忙著解決獵物。

由於已是春天，他們必須去學園了，不過哈克蓮、露和蒂雅說不需要急著離開，所以三人還悠哉地留在村裡。如果魔王那個用短距離傳送門連通王都與「夏沙多市鎮」的計畫進展順利，他們甚至可以走路去學園吧。

我也不會催他們回學園。但是，打獵時我會阻止他們往前站。

呃，他們對付獵物時很認真沒錯，但是我看得心驚膽戰。

還有，蒂潔爾，那些是糧食，所以……那個，不要用魔像砸爛牠們。這樣沒辦法吃。

順帶一提，烏爾莎的朋友伊絲莉也留在村裡幫忙照顧牛和馬。不知道為什麼，山羊們不會去找伊絲莉麻煩。

問她有什麼訣竅，她說：「釋放殺氣。」

敢來礙事就等著上餐桌——只要讓牠們這麼想，就不會靠近。原來如此，看來我做不到。

可是伊絲莉啊，千萬不能小看那些山羊喔。牠們一定會想辦法整妳。

稍遠處傳來微弱的哀嚎聲。

好像是小黑的子孫之一掉進洞裡受傷了。你還好嗎？

骨折……看來沒有，但是外行人的判斷不準。說不定骨頭有裂痕。

嗯，我懂、我懂。太過興奮，所以疏忽了對吧？我不會怪你，但是別逞強亂動。

回到村裡就有露和芙蘿拉的治療魔法，不然用世界樹的葉子也行。

我正想宣布打獵到此為止，卻看見一隻小黑的子孫跑過來。怎麼啦？

牠背上冒出一隻雪白的神聖史萊姆。然後，這隻神聖史萊姆對受傷的小黑子孫施展了治療魔法。

因為考慮到會發生這種事，所以帶牠來了？真是不簡單，幫了個大忙喔。

我誇獎載來神聖史萊姆的小黑子孫。

受傷的小黑子孫也穩穩地走了幾步，強調已經治好了。好乖、好乖。

話說回來，酒史萊姆呢？擔任神聖史萊姆的護衛？森林裡很危險？原來如此，森林裡確實很危險。

麻煩你好好保護神聖史萊姆嘍。

酒史萊姆蹦蹦跳跳地表示交給牠，然後從小黑的子孫背上摔了下來。

…………

酒史萊姆沿著小黑子孫的腳往上爬，抵達背部。牠直接當成剛剛沒掉下去過，很有幹勁地表示一切交給牠。

沒有再次跳起來犯下同樣的錯誤，這點我給予肯定。

我們帶著許多獵物到村子。打獵的確是個轉換心情的好方法。

所以各位文官少女組，拜託妳們別生氣了。知道啦，我會記得出席會議。我答應妳們。還有，我也會考慮妳們的休假事宜。不過要等到工作結束。

就在我向文官少女組道歉時，滿身泥巴的伊絲莉走了過來。看起來沒受傷，不過到底出了什麼事？

「山羊用鶴翼陣(V字陣形)包圍我，把我引到泥塘裡。」

……………

那些山羊會用鶴翼陣？似乎真的會。

然後，一看見掉進泥塘的伊絲莉真的生氣了，山羊們便全力逃竄。

「需要找一隻來殺一儆百。能給我許可嗎？」

抱歉。

我代替牠們道歉，請原諒牠們。那些山羊也沒有惡……………………………或許只有惡意。不過，牠們有乖乖提供山羊奶。

既然有在村裡工作，我就得保護牠們。

嗯，下次我會找時間好好罵牠們一頓。如果我不行，就交給馬或牛去罵。

4 春季種種

春季遊行。

這已經成為慣例，事到如今我不會喊停了。何況座布團和文官少女組打從去年秋天就一點一點地做準備了。

這是一場全村同樂的慶典，我也會積極幫忙。

…………

幫忙是會幫忙啦…………呃……從蓄水池登場的這一幕有必要嗎？雖說是春天，水還很冷吧？這是遊行前的演出對吧？會不會太誇張啦？

嗯？要我看那邊？

…………蓄水池裡，池龜們以整齊的隊伍游著泳。

沒辦法在遊行時一同行進，至少要參加演出的部分，所以大家拚命練習？要是把我從蓄水池裡登場的那一幕砍掉，池龜們就沒得出場了？

…………

看來只能保留了。

不過，能不能用魔法或什麼手段在水溫方面做點調節？沒說要把整個水池都變成溫水，但至少讓我躲著的那邊溫暖一點。

儘量別給池龜添麻煩……拜託了。

無精打采的薇爾莎振作起來了。我原先煩惱很久，後來卻找到了簡單的方法。

她的嗜好在「大樹村」禁止，但別的地方就ＯＫ。

於是，薇爾莎前往「五號村」從事她熱愛的創作活動。

我起先還擔心薇爾莎的嗜好會不會為居民帶來不良影響，然而文官少女組告訴我，不會有問題。她們說，不要小看魔王國。

薇爾莎的嗜好——充滿同性親密互動的故事，似乎早已用「薇爾莎」這個名字深植一部分人的內心。會和薇爾莎同名，想必不是偶然。

「薇爾莎」經過漫長歲月產生許多派別，而且日益精進。事到如今，推出幾本古典風格的書，根本不會引起波瀾。

儘管聽了這番解釋也無法讓我安心，但我覺得介入太深會有危險，就交給她們處理了。

不過，我還是給了一道命令。

「讀物版本的『薇爾莎』，儘量避免讓別人看見。」

對於這道命令，薇爾莎和文官少女組異口同聲地回答：

「那些東西才不會給別人看到！」

…………

那麼，為什麼我們在薇爾莎的宅邸……給訪客看見沒關係嗎？我不太明白她們的規矩是什麼。

無論如何，薇爾莎的事就交給能夠理解她的人應付吧。

牧場區裡，牛群和山羊群正在對峙。

數量上是山羊壓倒性地多。而且，先前成功把伊絲莉趕入泥塘，可能也讓牠們建立起了自信。山羊群兩端向前，試圖以鶴翼陣包圍牛群。

相對於牠們，數量較少的牛群則是……各自衝向山羊群。牠們直接把山羊群衝散，彷彿在說陣形不過是小把戲。

看來勝負已定。

嗯嗯嗯，山羊們啊，這種時候才知道要向我求助嗎？別拿我當盾牌。還有，不要擅自跑去吃世界樹的葉子。會被世界樹上的蠶綁起來喔。

說穿了，牛群都有手下留情，你們根本連個骨折都沒有吧？自己忍耐一下。

如果真的忍不了，就去請神聖史萊姆幫忙治療。

露？露有點事要忙，不在村裡。

為了建立由短距離傳送門連通的新路，露和比傑爾忙著設置短距離傳送門。

地點已經確保好了，預定不用半天就能回來。

只不過，這條由短距離傳送門連通的路，出了點小問題。

以短距離傳送門連起來的村落和城鎮，先前也是商隊的休息站。由於設置了短距離傳送門，使得這些地方擺脫休息站的角色，同時也失去因此得到的利益。魔王他們擔心這點，預定要強迫商隊在各地強制住一晚，但是住這一晚成了問題所在。

若要強制人家住宿，那麼住宿設施就算不到頂級也不能太差。只是增加一兩間旅店倒還好，增加二十間再怎麼說都做不到。物資和人手都不夠。

物資可以靠錢解決，管理住宿設施的人才卻沒辦法輕易培養出來。就算將既有的住宿設施員工平均分配到每間新旅店，也有極限。

特別是那些村落原先根本沒有像樣的住宿設施，頂多就是允許在村裡露營，因此要在這種村落建立像樣的旅店十分困難。

也就是說，問題在於住宿設施無論如何都不夠。

魔王也不是笨蛋。他早就已經料到會碰上這種問題，所以事先找了達馮商會和戈隆商會安排旅店建設事宜。

雖然已經事先談好了……

但是那些以短距離傳送門連通的村落和城鎮，卻冒出聲音說：「與其蓋新的住宿設施，還不如取消強制住宿。」看來是不希望大量旅客對生活造成重大改變。

除此之外，各地工商協會也公開表示贊同，沒有強制住宿一晚比較方便。

就魔王的角度來看，他擔心那些變成單純過路點的村莊和城鎮的未來發展，然而當事者都說不要了，他也只能撤回，於是強制住宿措施就此喊停。

所以，魔王才會待在村裡陪貓玩，療癒修正計畫帶來的疲憊。

如果只是路過，那麼連傳送門的設置地點也換掉會比較方便，還得考慮之後會碰上的問題。

感嘆魔王難當的我，則被文官少女組帶走了。似乎要開會的樣子。

我趁著會議的休息時間吃紅豆年糕湯。
這些年糕沒在冬天消耗完啊……雖然年糕可以保存很久，不用勉強吃光，今年冬天應該也會搗年糕，所以舊的還是要儘早消耗掉。
「五號村」的「小黑與小雪．紅豆年糕湯」該怎麼辦呢？
原本的計畫只會在冬季擺攤，不過有人希望在冬季以外也能吃到。可是以季節來看，其他時間吃紅豆年糕湯也有點怪。
該轉為我擺過一陣子的拉麵攤嗎？不，拉麵攤有拉麵攤的支持群眾……應該說太受歡迎了，反而令人頭痛。更何況，拉麵太麻煩了。紅豆年糕湯的優點之一，就是只需要把事先做好的東西端給客人。
這麼一來……嗯～說到紅豆年糕湯和拉麵以外的攤子，我能想到的大概就是蕎麥麵、烤番薯、鯛魚燒、章魚燒、可麗餅、波蘿麵包、冰淇淋、三明治、蕨餅和刨冰之類的吧？
以季節來看……該選什麼呢？這種東西就該在會議上討論吧。
這麼得出結論時，我也吃完紅豆年糕湯了……還有人在吃呢。啊，不用著急，慢慢吃。

5 飲食文化與音樂文化

不死鳥幼雛艾基斯雖然看得出來有所成長，但還是隻幼雛。認識雙頭犬歐爾至今也過了一段時間，但牠依然是隻小狗。小芬里爾們一看就知道還沒長大的時期也相當長。陽子的女兒一重更是當了百年以上的小狐狸。

相較之下，貓姊姊和貓妹妹們，外表看起來已經算得上是成年了。至於小黑的子孫們，則是轉眼之間就變得和大人沒兩樣。

…………

其中有什麼規律嗎？

「只是每個種族不一樣而已，在意也沒用喔。」

一名路過的高等精靈告訴我。

這樣啊。既然在意也沒用，那就別在意吧。

總而言之，身軀龐大卻是隻年輕老虎的蒼月還是小孩子。我決定這麼看待牠。

貓姊姊們出聲表示不滿，但是我不在意。

「一號村」似乎在冬季期間做了食材研究，我收到他們的研究結果報告。

話雖如此，卻做不出什麼有用的東西。

但是無妨。研究總是伴隨失敗。重點在於持續研究下去。

儘管失敗期間就像在浪費食物一樣，或許會讓人感到很難受，只要成功就能讓飲食文化有所發展。

更何況，也不是完全沒有成果。

「這個乾乾的不好吃～」

不知為何妖精女王出現在我旁邊，咬了一口試作品之後開始抱怨。

不好吃是嗎？這樣啊。

妖精女王吃的試作品，是把糯米磨成粉之後，再混入從玉米抽出的澱粉而成。也就是最中餅的皮。

「一號村」的居民認為，這種最中餅皮雖然口感很有意思，但是味道方面還需要多加研究。

因為是試作品，所以只有板狀，這點有些可惜……

我拿起最中餅皮放上紅豆餡，用另一塊最中餅皮蓋住之後遞給妖精女王。

「…………原來如此，很行嘛！『一號村』！」

呵呵，還太嫩了。

我又拿一塊最中餅皮，在其中一面塗上巧克力，接著放上冰淇淋再遞給妖精女王。

「……………………甜點界爆發革命啦！」

看來她很滿意。

順帶一提，之所以在一面塗上巧克力，是為了避免最中餅皮吸了水分變軟。這種餅皮可以像剛剛那樣利用，如果能在形狀方面下點工夫就再好不過。

另外，「一號村」的研究裡，他們能抬頭挺胸交出來的成果則是年糕。

和以往的年糕不同，這款是將糯米磨碎後加入砂糖揉製而成，柔軟度能夠維持相當久。也就是大福用的那種。

這種年糕直接吃就香甜可口，但也可以加入紅豆餡、豆沙餡、豆沙餡和草莓、冰淇淋等，有許多種吃法。

我做了幾個當樣品，妖精女王誇我是天才。

呃，這不是我的點子，所以不能拿來自豪。不知不覺間冒出來試吃的聖女瑟蕾絲，則高興地表示「五號村」的「甘味堂科林」有了新商品。

「以前推出的季節性糰子，差別都只在於材料或塗在外面的醬，這個能夠帶來更進一步的發展！」

這樣倒是沒關係，但是如果不先搞定量產體制……在「五號村」教會工作的人們會努力？可以是可以，不過宗教方面的工作沒問題嗎？我聽說，在教會工作的人們大部分都參與了「甘味堂科林」的商品製造。

「那是誤傳。不是大半，而是全員都參與了。」

……這樣行嗎？

「這也是修行的一環。」

嗯，既然負責人說沒問題，應該就沒問題了吧。

畢竟「甘味堂科林」製作的商品，也會交給「小黑與小雪」和「青銅茶屋」販賣嘛。期待大福將來也能這樣吧。

……
看來糯米的需求會增加。
以前是秋天種糯米，這回就從夏天開始種吧。畢竟今年春天的份已經耕完了。
……
……
看見瑟蕾絲這麼有幹勁，我決定再耕一塊糯米田。多總比不夠來得好吧。

「五號村」似乎很多人喜歡卡拉ＯＫ。當然，不是我所知的那種卡拉ＯＫ。
歌手站在大舞臺中央歌唱，配合魯特琴、豎琴、太鼓與橫笛組成的樂隊演奏，並以魔法放大歌聲。
這算哪門子的卡拉ＯＫ？
或許有人會質疑，既然有樂隊，那就是一般的演唱會了吧？請放心，因為我也這麼想。
這種卡拉ＯＫ呢，似乎是一群優莉認識的貴族千金在「五號村」創業的產物。
這群優莉認識的貴族千金原本想以樂隊身分活動，但是主唱優莉另有本業，最近更為了短距離傳送門一事忙著協調各地。在這種狀態下，這些千金小姐們自然無事可做。
雖然擔心她們的優莉姑且還是幫忙找工作了，工作內容偏偏是擔任五號村吉祥物五君的助手。
千金小姐們對五君的競爭意識似乎比優莉更強烈，所以做得不情不願。
於是她們想到了這種卡拉ＯＫ。

儘管只是為想唱歌的人伴奏，想唱歌的人好像出乎意料地多。或許因為「五號村」都是移民吧，高唱故鄉歌曲的人和聽歌聽到流淚的人似乎很多。

費用則依時間向歌手收取，觀眾免費。

她們起先在小地方表演，不知不覺間變得很受歡迎，現在就算租借大舞臺也不成問題了。我起先還怕換成大舞臺，有人會怯場，但是她們的人氣卻高到我能接獲報告的地步。大家都很有膽量呢。

然後，是我將這種音樂活動命名為卡拉ＯＫ的。都怪我不小心。

詢問名稱的文件和其他文件混在一起，我順手就把想到的答案寫上去了。我在反省了。

至於這個名字為什麼會擴散到難以撤回……大概是聽起來夠響亮吧？或者該歸功於文官少女組的高效率。

順帶一提，或者該說理所當然，卡拉ＯＫ活動的歌手基本上都是業餘人士，所以歌唱能力有很大的落差。也就是說，就算唱得很爛，魔法也會讓歌聲響徹鄰近一帶。

聽說除了一些噪音問題之外，還冒出幾間教人唱歌的音樂教室。希望大家加油。

……………

話說回來我有個問題，大家口中的拉麵女王是樂隊的哪個啊？打太鼓那個？哦～每天都在品嘗各種拉麵，居然還能維持體型。

不過能夠理解。她打太鼓的動作非常激烈。

6 沮喪的優莉

露設置完傳送門了。

可是，她的臉上看不到成就感，是怎麼回事？

「早知道不必在途中的城鎮和村落住一晚，連通王都和『夏沙多市鎮』可以少用一些門，就不需要這麼累了啊……」

原來如此。

露製作的短距離傳送門，雖然移動距離比一般的傳送門來得短，連通王都和「夏沙多市鎮」似乎只需要在中間設置七組就好。

然而，這麼做不難想見途中沒設置的城鎮和村落自然會有所不滿。所以魔王才把途中的城鎮村落都連起來，想出「強制住宿一晚」這個規定吧。

世事無法盡如人意。

可是，短距離傳送門設置完畢，而且已經能夠通行。只剩下對一般大眾公開的準備工作。

魔王、比傑爾以及藍登大概有得累了。這個部分與我無關，我也幫不上忙。不過，他們要是來到村裡，就慰勞他們一下吧——我是這麼想的。

所以魔王、比傑爾以及藍登，別抓著我的衣服不放。春季正值忙碌的時期文官少女組不能出借！

身為魔王國管理員的優莉，先前為了協調各村鎮而利用尚未對一般大眾公開的短距離傳送門四處奔走，如今已返回「五號村」。

然後，她沮喪地跑來「大樹村」。

她為了強制住宿而到處溝通，還協助各村鎮建立特產，結果全都被推翻了。

我明白至今的努力全都白費工夫、令人沮喪的心情，但我覺得妳還是別一直摸蒼月比較好喔。待在蒼月背上的貓姊姊們一直在瞪妳。

瞧，酒史萊姆拿酒來了。去那邊喝吧。

瑟蕾絲做了不少甜點，吃些甜點也不壞喔。

嗯？我身上的衣服很漂亮？喔，這是遊行用的服裝。現在正在調整尺寸。

座布團一直跑來找我，就是為了修改服裝。

雖然我覺得衣服很合身不用修改，座布團每次改完之後穿起來都會變得更舒服，先前大概真的不夠合身吧。所以，我也奉陪牠而一改再改。畢竟這種事就該遵從專家的意見。

就在我們聊這些時，座布團拿了新的布料過來。

然後，從我現在穿的衣服上拆掉肩胛骨周邊的布，再縫上新布。嗯～神技。

「我也想要座布團女士製作的衣服。」

優莉罕見地對座布團撒嬌。

可是座布團現在很忙，不能勉強牠。

我原本打算用這幾句話制止優莉，座布團卻幹勁十足地表示包在牠身上。

可以嗎？

喔，原來如此。不是從頭做起，而是把現有的衣服改造成新款式，就不至於太費工。

優莉，這樣行嗎？

她似乎沒問題，回自己的房間挑衣服了。希望她能稍微打起精神。

至於我就和酒史萊姆一起喝……不能弄髒身上的衣服，飲食還是算了吧。酒給酒史萊姆喝就好。

擺脫優莉的蒼月，載著貓姊姊們出去散步了。

奇怪？優莉還沒回來？已經有段時間了吧？

在等她的這段時間內，我的服裝已經改了三次耶？怎麼回事啊？

看起來也不像直接拿去座布團那裡。畢竟座布團本人都說她沒過去。

話雖如此，我也不方便去優莉房間看看出了什麼事。

優莉是未婚的年輕女性。彼此再怎麼熟，也得在這方面留心。

所以，我找了就在附近的鬼人族女僕和座布團，一起去優莉房間。

…………

優莉在她的房間裡。

她換上比較輕便的衣服，專心做重量訓練，表情十分認真。看她的樣子，就和拳擊手在比賽前減重……啊。

大概是房裡的衣服穿不下吧。

成長……不，半吊子的安慰很危險。看著散落在房間內的幾件看起來昂貴的服裝，我們靜靜地離開優莉的房間。

「一般的衣服會按照種族區分，另外有大人和小孩，以及男裝和女裝的差異，但基本上是共通尺寸，會將略大的衣服修改之後再穿。相較之下，貴族穿的訂製服裝則會調整成剛剛好……」

聽到鬼人族女僕這番話，我看向自己現在穿的衣服。

……………

我也得注意別發胖。

還有座布團，抱歉要請妳額外費點工夫，麻煩找個適當的時機修改一下優莉的衣服尺寸。畢竟快速減重很危險。

咦？如果只是修改尺寸，妳的孩子也做得到？可以偷偷把全部的衣服都改好？

嗯～不，我是想麻煩你們修改沒錯，但是不需要全部，修改幾件就行了。

嗯，不能太寵她。優莉應該能克服難關。

瑪爾比特在客廳發懶。

……………

她好像整個冬天都這麼懶，卻看不出身材有走樣。難道瑪爾比特私底下也努力過了嗎？

「天使族的營養會往翅膀跑。」

來到客廳的琳夏這麼告訴我之後，就要瑪爾比特亮出翅膀。

瑪爾比特堅決不肯。

7 安全確認與翅膀

村子居住區靠近蓄水池的地方，正在蓋一座十公尺的高塔。

這座塔很纖細，外觀看起來就像電波塔，但它不是。好像是遊行演出要用的。高等精靈們傾巢而出，努力地建造這座塔。

……………

十公尺啊？以一般建築來說，差不多是三層樓建築的屋頂高度。以幾乎純靠人力的木造建築來說，應該算得上相當高。

呃，這個嘛，由於我那棟宅邸比較高，這座塔要說簡單，或許還真的算簡單……但是可以蓋得低一點吧？比方說三公尺左右。

然而，在事前計畫裡，塔高原本是三十公尺。在我的堅持之下才改為十公尺，所以要壓得更低恐怕有困難。

我知道是無謂的抵抗。儘管知道，我還是要問——我得站在這座塔的頂端嗎？有天使族保護，就算摔下去也不用擔心？呃，我不想摔下去啊……

不是我不信任天使族，只是希望安全方面能夠多一些考量。具體來說就是希望能設置個安全索。問我繩索怎麼用？把我和塔綁在一起，好讓我就算摔下去也不至於撞到地面。拜託嘍。

麥可先生來到村裡。

大概是因為短距離傳送門使得「夏沙多市鎮」到「五號村」變近了吧，雖然還沒對一般大眾開放，要來村裡拜訪變簡單了。

麥可先生和我打完招呼便直接前往溫泉地。他是不是累啦？希望他好好休息。

除了麥可先生之外，變得更常來訪的還有葛拉茲。

之前他必須拜託比傑爾才能過來，短距離傳送門設置完畢後，他就能自力來村裡了。如此比傑爾應該也很高興吧，畢竟省了不少麻煩。

蘿娜娜也很高興能和葛拉茲見面。真是好事一樁。

不過，希望兩位不要每天都在宅邸大門前你儂我儂。看門的紅裝甲和白裝甲會很困擾。

不是叫你們別親熱。

節制。沒錯，節制很重要。有人會被你們的濃情蜜意刺激到。

問我是誰？不說你們就不會懂嗎？那麼，我就直說了。

像是露、蒂雅、莉亞、安、哈克蓮、賽娜……很高興你們明白了。

由於短距離傳送門已經能夠通行，所以待在王都的阿薩回來了。

阿薩很高興能見到烏爾莎他們。

「原本說春天就要回來吧？」

「等春季遊行結束就會回學園啦。」

…………

應該很高興吧？

雖然阿薩的笑容似乎有點僵硬……還有，那堆很像土產的文件是怎麼回事啊？啊，不是土產？想借個空房間？是可以啦……

阿薩把烏爾莎、阿爾弗雷德和蒂潔爾帶到空房間。還有大量文件。

紙張明明是貴重品，但該有的地方還是會有呢。

「和我們處理的量比起來，還差得遠喔。」

我聽了文官少女組這番話後點點頭，指示安找個適當的時機把茶端去給烏爾莎他們。

還有，留在王都的厄斯和梅托菈沒問題嗎？把沒有聯絡當成他們過得很好的證據行嗎？

就在我思考這些時，阿薩來了。

「非常抱歉，我剛剛忘了。這是厄斯和梅托菈寫的信。」

…………

希望他們過得好。

遊行的準備工作正在進行當中。

其中瑪爾比特碰上不得不亮出翅膀的狀況。畢竟天使族也要參加遊行嘛，瑪爾比特大概藏不了。

呃…………瑪爾比特的翅膀……顯得很厚，而且羽毛量很多，奢華感增加了五成吧。感覺就是冬天的羽毛，看起來很暖和。我想應該能找到有這種翅膀的鳥類。

然而以天使族的感性來說，那種翅膀似乎不行。蒂雅、琳夏與琪亞比特都在批評瑪爾比特的翅膀。

我倒是覺得不壞。雖然絕對不會說出口。

可是，不愧是瑪爾比特。她把蒂雅、琳夏與琪亞比特等人的批評當成耳邊風。看來是打定主意不管了，還開始吃點心給她們看。這麼一來真的是天下無敵。

我原本這麼想……結果不死鳥幼雛艾基斯卻袒護起瑪爾比特。

牠很生氣地質疑蒂雅、琳夏與琪亞比特等人，為什麼要貶低這麼漂亮的翅膀。該不會艾基斯很希望自己的翅膀能和瑪爾比特現在的翅膀一樣？牠看著瑪爾比特的眼神裡充滿尊敬。

想來艾基斯完全是出於善意。然而艾基斯這種態度，讓瑪爾比特放下點心，尷尬地摀住自己的臉。看來她雖然能忍受批評，卻承受不了稱讚。

這樣啊，那麼從今天開始努力減肥吧。

還有，艾基斯。

我無意干涉個人喜好，但如果你要找個崇拜的對象，鷲的翅膀不是比較好嗎？既精實又帥氣。

我這麼說完，便被不知道從哪裡飛來的鷲輕輕頂了一下。妳或許是因為害羞，但是這樣很痛耶。

話說，瑞吉蕾芙看見瑪爾比特的翅膀也沒反應，難道她覺得沒什麼大不了嗎？以前好幾個姊姊的翅膀都是那種感覺？

…………這樣啊。

呃……不予置評。

塔上加裝了安全索。

裝是裝了……但是綁在塔底沒意義吧？畢竟這是為了避免摔下去的措施。繩索長度也要注意喔。安全方面還是得親自確認。我如此堅信。

8 拉絲蒂的生產與耳塞

春季遊行準備完畢，不過遊行還沒開始。

其實龍族私下向我要求延期。理由是拉絲蒂快生了。

確實，我也很擔心拉絲蒂。而且，要是變成在遊行期間生產，恐怕會引發不小的混亂。

新生命要來到這個世界。

我們希望能夠盛大地歡迎，因此遊行延到拉絲蒂生產之後。

不過，這是我和龍族討論後的結果，沒有告訴拉絲蒂。這是避免對生產在即的拉絲蒂造成壓力。

因此，告知其他人延期時必須用別的理由，我卻想不到好主意。

於是，我找座布團商量。

在座布團的提議下，決定以座布團有事為由延後。

我起先擔心大家不見得能接受，但是沒出問題。太好了。還有，得感謝座布團。

感謝該化為具體的行動。

那就為座布團做些菜吧。烏爾莎，你們也要幫忙嗎？謝啦。不死鳥幼雛艾基斯與酒史萊姆也很有幹勁呢。謝謝。不過，你們的好意我心領了。

妖精女王，甜點會另外做，妳去那邊等就好。

座布團說吃飯就該大家一起吃，所以為牠做的料理要等到晚餐時才端出來。參與的人變多了，所以不必擔心分量。

這頓晚餐，還有一直在宴會的龍族也會參加。實際上，宴會也跟著遊行一起延期了。火一郎和古拉兒表示：「都在喝酒真無聊。」也是理由之一。

順帶一提，開宴會的原因火華琉和火御子，由哈克蓮照顧得好好的。大概是因為萊美蓮沒像火一郎那時一樣一直插手吧。

還是說，哈克蓮是看了萊美蓮怎麼帶小孩之後才學會的？如果是這樣，就代表萊美蓮當初擠開哈克蓮自己來帶火一郎是有意義的？

親情。

可是，哈克蓮是長女，以前沒照顧過弟弟妹妹嗎？以性格來看，她應該很疼愛弟弟妹妹才對啊……

嗯？怎麼啦，德萊姆？以前大家私下都說姊姊是「鋒利的聖劍」？

呃…………聖劍鋒利不是應該的嗎？

不過嘛，不止德萊姆，其他人也都說哈克蓮來村裡之後性格變圓滑了。也就是在遇上我之後……

啊，這麼想未免太自以為是了。

大概她很適合過悠閒的農家生活吧。這是好事。

巡田時，我先接到拉絲蒂要生產的報告，緊接著又接到生了個男孩的報告。

……男孩子！

沒像火一郎和火華琉那樣出現命中注定的對象，所以我原本還想八成是女孩，居然是男孩啊！

不，男孩或女孩不是重點，重點是平安出生。感謝上天。

我去找拉絲蒂時，聽到很大的聲音。

應該是嬰兒的哭聲吧，響遍了整間屋子，看來很有精神。雖然聲音有點大……奇怪？突然聽不到了？出了什麼事嗎！

我連忙衝進拉絲蒂房間，卻被宏亮的哭聲砸個正著。

原來聲音一旦大過頭，真的會有衝擊力啊？我在房間裡摔了一跤。

「哈哈哈。是我用魔法避免哭聲傳到外面啦。」

待在房間裡的露這麼說完，把房門關上。看來房間沒封閉會使得魔法失效。

然後，露遞了耳塞給我。謝謝。

之所以突然聽不到聲音，原來是因為露的魔法啊？那就好。

拉絲蒂正在床上安撫剛出生的兒子。不愧是母親，沒輸給哭……她也戴著耳塞吧。

戴著耳塞的惡魔族助產師告訴我，母子都很健康。雖然看得出來，聽到這句話還是會比較安心。

啊，走進房間的德萊姆被哭聲擊飛，葛菈法倫則撐住了呢。真厲害。應該歸功於對孫兒的愛吧。

還有，沒帶拉娜農過來是正確判斷。露，給他們耳塞。

然後，讓拉絲蒂和剛出生的孩子移往至少有兩三道門的房間，多設幾層防音魔法吧。每次開門都讓哭聲在屋裡迴蕩不太好。

雖然孩子別哭最好，不能勉強剛出生的嬰兒。何況嬰兒本來就該哭嘛。

於是我指示鬼人族女僕……只用眼神，她們就明白了。不愧是鬼人族女僕。

好啦。

既然拉絲蒂順利生產了，就該輪到春季遊行了。

明天舉行未免太趕了。

何況拉絲蒂應該也想參加，龍生產後恢復得很快，差不多十天之後舉行就行了吧。雖然應該沒問題，保險起見，五天後還是先向拉絲蒂確認一下。

至於這幾天……我就幫忙做耳塞吧。

9 綁架未遂

蓄水池的水面平靜無波，我朝著水池一跳。由於是從塔上起跳，離水面應該有十公尺吧。

…………

開始墜落後，我的思考跟著加速。為什麼會變成這樣？哪裡出了問題？我試著思索答案。

不知不覺間，塔從蓄水池畔移動到池中。高等精靈們露出燦爛笑容就像在說：「我們很努力喔。」

不知為何變成我要從塔上跳向蓄水池。文官少女組一臉就像在說：「我們查了很多典籍。」

塔頂伸出一塊長約一公尺的木板，我似乎要從那裡跳向蓄水池。

原本有根繩索用來連接綁在我腳踝上的皮帶，後來換成座布團的絲。絲確實綁在了木板前端。

也就是說，這是高空彈跳。

座布團告訴我，絲有伸縮性，所以就算被絲往回拉也不會造成傷害。謝謝。

不過，長度剛剛好十公尺是怎麼回事？絲有伸縮性對吧？它要等我掉到水面才把我拉回去對吧？

這怎麼回事啊，座布團！妳應該是站在我這邊的吧！啊，水面馬上就要到了。

據說遠古時代魔神降臨大地的時候，就是落在水池裡。當時，他好像是「啪」的一聲，整個身軀撞上水面，正中腹部。大家期待我能重現那一幕，但是我可不想在十公尺跳水後接這一段。

因此，我從塔頂往下跳之後，立刻將雙腳併攏，同時手臂在胸前交叉且縮起下巴，擺出抵抗衝擊的姿勢。

之所以縮下巴，也是為了防止脖子被座布團的絲纏住。

啊啊，這樣啊。因為在空中被纏住會很危險，特地弄得長一點嗎？

……

雖然我很懷疑，這麼一來絲還有沒有意義……但我決定別多想。

我的腳碰到水面。衝擊比預期來得小。

從雙腳開始入水，最後連頭也落進水裡。

照理說這個季節的水應該還很冰冷，不過池龜們已經事先用魔法將我預定落水那一帶加溫，所以水溫不成問題，可是……

身體沉得比想像中還要深。水面好遠。

不過，身體很快就在浮力作用下往水面移動。

嗯？好快啊。

不是因為座布團的絲。好像是水流把我往上舉。

想到這裡時，我已經脫離水面飛上空中。

儘管我覺得這姿勢有點蠢，蓄水池周圍的觀眾卻歡聲雷動。我再一次潛入水中，水流又將我舉回半空中，歡呼聲再起。而我也有餘力向觀眾們揮手了。

不過，先等一下。現在雖然比塔低，卻比剛剛來得高。假如繼續下去，恐怕會飛得比塔還要高。

不，鐵定會這樣。

畢竟那塊從塔底伸出來的木板，已經收起來避免我撞上了。

這樣啊。要飛得比塔還高啊？我沒聽說耶。

操控水流把我送上水面的是池龜們。牠們以我落水的地點為中心，以固定間距形成漂亮的同心圓。

然後，之所以出現不在預定中的飛高高，大概是太有幹勁的結果。希望如此。應該不是討厭我吧？

我已經來到比塔還要高的地方。之所以落水時不會痛，好像也是多虧了池龜們的協助。謝謝你們。

就算是這樣，我也不想飛高高。我可不是完全不怕高喔。我和一般人一樣會對高處感到恐懼。

這個嘛，我在登塔前確實逞強了。誇口說十公尺根本不算什麼。不過，那是因為孩子們都在看我。

我覺得這點程度的察言觀色，池龜還是該學一學。

呃，嗯，雖然上塔前一直不情不願，站到板子上之後，我的確像參加某電視節目的高臺跳水單元那樣有點興奮。這點要反省。

而且，那個高臺跳水單元有參加者受傷，儘管節目後來繼續播出，高臺跳水就此束之高閣。我剛剛完全忘了這回事。

高臺跳水很危險，必須切記。

所以，我試著給池龜暗示，告訴牠們差不多該結束了……然而周圍觀眾的視線不太對勁。

大家雖然看著空中，卻不是看我。除了我之外還有誰嗎？才剛這麼想，我的身體就被抓住了。咦？

我扭頭往上看，發現上頭有隻大鳥——全身漆黑的鳥。翅膀張開之後……應該超過十公尺吧？儘管這麼大一隻，我依舊覺得這隻鳥應該是烏鴉。

啊，烏鴉試圖抓著我飛向高空。糟糕，牠要把我帶到別的地方！

我原本以為會這樣，卻發現鳥突然停止上升。

理由很簡單。因為座布團綁在我身上的絲。座布團登上塔頂，拉住連在我腳踝皮帶上的絲。哦哦！

然而，這招有個弱點。那就是我的腳踝和烏鴉抓住的部分會受到傷害吧？

座布團很快就注意到這點，於是放鬆絲線。烏鴉則洋洋得意地繼續上升。

唔，這下真的不妙。

烏鴉要把我帶到別處吃掉嗎？用「萬能農具」應該能解決烏鴉，但我會從高空摔下去。該相信天使族會趕來，然後出手對付牠嗎？

就在我煩惱時，我的身體已經被越帶越高。此時，綁在腳踝上的皮帶突然有種異樣感。

嗯？我的腳踝上冒出座布團的孩子。看來是順著座布團的絲爬上來的。哦哦！

座布團的孩子將另一條絲線捆在烏鴉腳上，然後搖了搖那根絲線打信號。

烏鴉停止上升。雙方先拉鋸了一下，但牠很快就被往下扯。力道很猛。

看來比力氣是座布團占據壓倒性的優勢。離地面越來越近了。

這麼一來，要擔心烏鴉會不會把我往下扔……不該胡思亂想。烏鴉放開了我，於是我朝下墜落。座布團的孩子留在烏鴉腳上。只有這點值得慶幸。

救了我的並非天使族，而是另一隻沒見過的大鳥——渾身雪白的天鵝。

牠用嘴叼著我。

不會痛，看來不是要吃我。我原本想道謝，卻發現天鵝往東方飛。

…………

咦？只是烏鴉變成天鵝？

就在我這麼想的時候，這回冒出一隻全身黑的天鵝……應該是黑天鵝吧？牠攻擊一身雪白的白天鵝。於是我又一次被留在半空中。今天一直往下掉耶。

接下來抓住我的，則是巨大的……孔雀？

雖然看起來像孔雀，牠渾身上下都在強調自己不是普通孔雀。畢竟牠背上有日輪。仔細一看，每一根羽毛的造型都很講究，充滿神聖的氣息。

這隻孔雀是來救我的嗎？

…………

孔雀往北方飛。看來不是。

在我腳上，有另一隻從地面趕到的座布團孩子。嗯，拜託了。

剛剛真是悽慘。

回到地面的我鬆了口氣。眼前是被座布團絲線綁起來的巨大烏鴉、巨大孔雀，以及沒被綁起來的巨大黑白天鵝。

四隻鳥似乎都是座布團的舊識，所以我交給座布團處理。鷲在旁邊嘀嘀咕咕，看來牠也認識。很好，多唸幾句。

縱使我也很想抱怨，有些事不能不做。

我從塔上跳下來，是遊行的暖場表演。接下來才是正式遊行。

啊，參加遊行之前先洗個澡是吧？了解。

畢竟我不但弄得一身溼，還被帶上高空嘛。身子都冷掉了，得注意別感冒。

10 遊行中盤

遊行還在繼續，但是晚點才會輪到我。

所以，我決定稍微享受一下剛洗完澡的悠閒時光。

嗯？池龜們往我這邊移動。怎麼啦？

喔，為了把我拋到空中這件事道歉嗎？不用在意啦。雖然我一直嘀咕，還是玩得很開心。變成被綁架的原因？那是意外吧？沒人料想得到啦。

更何況，雖說情況確實危急，那些鳥都沒有殺氣。

如果真的很危險，天使族和龍應該會飛來，但他們沒有。我能保持冷靜，部分原因也在這裡。

儘管如此，座布團的孩子們有來還是讓我很高興。唉呀，總而言之不需要放在心上……如果真的很介意，遊行好好加油。接下來就要輪到你們了吧？

從我在暖場表演時跳水就看得出來，這回和水有關的演出很多。因此，蜥蜴人和池龜們有不少出場機會。

而且，池龜們聽到這些安排之後，練習得相當熱心。不能讓努力白費。我也會當觀眾，大家好好努力喔。

遊行中盤。

我預定搭乘的高臺，從蓄水池裡登場。

…………

弄得溼答答的耶，要我搭這個？我才剛洗完澡，全身清爽耶？會動員每個能使用魔法的人把它弄乾，所以沒問題……我很高興你們這麼體貼，但是把它從水裡冒出來這段省略掉就好了吧？

呃，從池龜製造的漩渦裡緩緩升起確實很帥啦。我也承認孩子們很興奮。

嗯，雖說在水裡，蜥蜴人要把它抬起來想必還是很辛苦吧？知道了，我收回省略掉就好這句話。表演非常精采。

池龜們整齊的水上行進結束，便是慣例的天使族俯衝轟炸。這麼做當成消耗小黑家族越囤越多的角就行了吧？

天使族之後，則是龍族的空中行進。雖說早已見慣，龍形態的低空飛行依舊充滿震撼力。

德斯與萊美蓮、基拉爾與古隆蒂、德萊姆與葛菈法倫、馬克斯貝爾加克與絲依蓮、廓倫與賽琪蓮、德麥姆與廓恩，以及火一郎與古拉兒。看起來以夫妻為一組的行進……但我可還沒答應讓火一郎和古拉爾結婚喔。

哈克蓮與海賽兒另有任務，所以沒參加。拉絲蒂才剛生產完，所以儘管有些過意不去，我還是要求她靜養。雖然本人似乎很有精神。

然後，龍族的隊伍突然亂了，紛紛落入蓄水池。這並非意外，似乎是龍族被打下來的演出。

因此，落入蓄水池裡的龍都化成人形，為後續墜落的龍騰出位置。儘管蓄水池相當寬廣，要擠進好幾頭龍還是嫌窄了點。

可是，真虧大家願意合作演出被擊落的模樣呢。沒有人表示不滿嗎？難得有這種經驗，所以很高興？既然不會不滿就沒問題。

德萊姆先在空中翻一圈又在水面彈了兩下，墜落得相當精采。回應觀眾是無妨，但你還是趕快去洗澡吧。

龍族紛紛落入蓄水池後，萬能船霸氣十足地悠然現身。

身穿紅衣的哈克蓮與身穿藍衣的烏爾莎在萬能船的甲板上來了一段長槍之舞。雖然在地面沒辦法親眼看見，不過各處都能看見轉播影像，歡聲四起。

儘管難得見到哈克蓮手持武器，她看起來耍得有模有樣。她什麼時候練習的啊？還是說她根本不需要練習就會用？

烏爾莎耍起來也很像一回事。畢竟她以前就什麼武器用起來都得心應手嘛。

看起來威風八面……嗯～這時明明該表情嚴肅，她卻藏不住臉上的笑意。想來是很高興能和哈克蓮一起表演吧。

「剛認識的時候，她明明比較黏我。」

安來到我身旁，鬧彆扭似的小聲嘟囔。嗯，確實是這樣。

剛認識烏爾莎時，她很怕哈克蓮，總是黏著安。不知不覺就……這算是哈克蓮努力的成果吧。

看見烏爾莎在笑，哈克蓮跟著笑了出來。這樣的表演也不賴。

我一邊安撫鬧彆扭的安，一邊觀賞兩人的舞藝。

突然響起一陣大笑。哪裡來的？空中來的！

是龍形態的海賽兒。至於放聲大笑的，則是她背上的阿爾弗雷德。

…………

阿爾弗雷德身穿以黑與紅為基調的西裝，背後有對用花編成的翅膀。嗯，關於服裝我無話可說。畢竟還有批不能笑別人的服裝在等著我穿。

阿爾弗雷德的服裝意象似乎是惡魔。不過，既然如此何必找阿爾弗雷德，明明可以拜託惡魔族的古吉、布兒佳和史蒂芬諾他們。「四號村」的庫茲汀也不壞。

就在我這麼想的時候，海賽兒已經載著阿爾弗雷德假裝撞向萬能船，萬能船也假裝頂回去。

然後，阿爾弗雷德跳上萬能船，擄走烏爾莎回到海賽兒背上。

原來如此。因為是這種內容，才會安排阿爾弗雷德啊？

…………

身為阿爾弗雷德和烏爾莎的父親，我心情很複雜。安在旁邊安慰我。

烏爾莎被擄走之後，萬能船搖搖晃晃地落進蓄水池。載著阿爾弗雷德的海賽兒恣意翱翔，彷彿在說：「天空是我的。」

就在觀眾心想：「接下來又會怎麼樣呢？」海賽兒背上的烏爾莎卻拔掉了阿爾弗雷德的花翅膀。

然後，烏爾莎把阿爾弗雷德從海賽兒背上踹下去……其實沒有。那是模仿阿爾弗雷德造型的人偶。

注重安全是好事。

為什麼我剛剛就沒受到這種關照啊？算了，事情過去就過去了。

從海賽兒背上摔下去的人偶落進蓄水池，池龜們以漩渦將它拖入水裡。

「這個仇，我絕對不會忘記——！」

躲在海賽兒背上的阿爾弗雷德以魔法放大音量大喊。相對於他的大喊，烏爾莎的臺詞則說：

「我沒聽清楚輸掉的惡魔在講什麼耶。呵呵呵呵呵呵呵呵呵～」

嗯～烏爾莎很適合得意地放聲大笑。一般人應該沒什麼機會這樣笑，不過適合也算好事一件啦。

換了騎手的海賽兒飛行方式和方才不同，顯得比較靈活。不知不覺間，海賽兒翅膀上多出了花飾。

把從惡魔那裡搶來的花翼賜給龍……不，從演出看來，應該是惡魔奪走龍的花翼，烏爾莎則讓它恢復原狀吧。

海賽兒在烏爾莎的指示下降落。接著烏爾莎從海賽兒背上跳下，登上事先準備好的高臺。

阿爾弗雷德也悄悄登上同一座高臺。他躲躲藏藏的模樣，令人不禁莞爾。

接著烏爾莎和阿爾弗雷德搭乘的高臺與遊行隊伍會合，遊行邁向終盤。

這段期間能看見鷲一直在罵巨大烏鴉、巨大白天鵝和巨大黑天鵝。

至於巨大孔雀，則被晚來一步且花紋不同的另一隻巨大孔雀帶去別處罵。那是牠太太嗎？

11 群鳥的目的

遊行結束，宴會將持續到深夜。

可能因為今年以與水有關的神話為主題，跳進水裡的場景很多，因此蓄水池的水位降低不少，這點需要反省。

龍族幫忙從北邊的山搬來巨大冰塊，冰塊融化後應該勉強能填補不足。可是水溫沒問題嗎？池龜們不會又進入冬眠吧？喔，水溫回升之前會在陸地上避難是吧。那就好、那就好。畢竟池龜們在遊行時大為活躍嘛。想吃多少包心菜都行喔。

當然，也不能忘記同樣辛勞的蜥蜴人們。就某方面來說，他們吸引目光的場面比我還要多嘛。不，我可沒說明年要變得更搶眼。像這次一樣讓其他人顯眼一點很好。

這次遊行最值得一看的三個名場面。

池龜與蜥蜴人的水藝。

從水中衝出來的飛馬，以及騎著牠們的高等精靈列隊行進……不，應該是行軍吧。大家手裡還拿著武器。

還有，最後全員一起跳舞，並且一個接著一個地躍入水中。
慶典氣氛還真是恐怖，能讓人做出平常絕對不會做的事。

然後，很有趣或說很溫馨的三個名場面。
看見古隆蒂掉進蓄水池而大驚失色的雙頭犬歐爾，跳進蓄水池游起狗爬式。
幾隻不會游泳的小黑孩子孫們在蓄水池周圍驚慌失措。
還有，看見好幾隻巨鳥出現，怕生的不死鳥幼雛艾基斯緊緊黏在鷲的背後不肯離開。
也因為這樣，鷲的說教沒完沒了，直到遊行輪到牠出場才心不甘情不願地結束，此時巨鳥們都已精疲力盡。雖然不至於說活該，希望牠們能好好反省。

這麼說來，那些鳥要把我抓走的理由是什麼啊？明天問一下吧。
總而言之，今晚就……穿上座布團做的衣服，奉陪牠的時裝秀吧。
能讓大家高興最重要。

隔天。
在村民們的包圍下，巨鳥排成一列，牠們面前是座布團和鷲。似乎要說明想把我抓走的理由。
講是這麼講，但是巨鳥們不會說話。座布團和鷲也一樣。

不過，我和座布團已經相處很久，牠想講什麼我大致上都明白。鷲也沒問題。所以我請牠們說明。

第一隻。

巨大烏鴉。

「引導人們前往建立新國度之地，乃是我的職責。來，一同踏上旅途吧！」

巨大烏鴉張開翅膀望向遠方。

原來如此，目的我懂了。可是，為什麼要選我？

「因為看到你在『死亡森林』中央建村的功績。我早就想來邀請你了，但是沒辦法闖進那隻蜘蛛的地盤，一直在等待機會。然後很幸運地，你主動飛進我的領域，我心想這是個好機會，忍不住就出手了。沒按照正規手續來，實在非常抱歉。我在此正式向你謝罪。」

巨大烏鴉不知從哪裡掏出一塊大到可以雙手環抱的漂亮石頭給我。似乎是賠償。那我就不客氣地收下了。

……奇怪？我還以為拿到這種東西，露她們會撲上來，結果沒動靜耶？反倒是矮人們議論紛紛。怎麼回事啊？算了，之後再問吧。

「所以，容我再問一次。閣下是否願意隨我到新天地建國呢？」

很感謝你的邀請，但我不打算離開這個村子。

「……這樣啊。真是遺憾。」

不需要翻譯也看得出牠很沮喪。
儘管有些抱歉，就算如此我還是沒打算離開這個村子。這點不能退讓。
巨大白天鵝。啊，巨大黑天鵝也一起嗎？如果這樣說明起來比較快，倒是無妨。
第二隻。
呃……所以你們為什麼要找我？
「我只是想要有個投注愛情的對象。我很中意你，想找你當我的伴侶。」
巨大白天鵝張開翅膀，其態度就像在說：「我允許你愛上我喔。」
巨大黑天鵝在旁邊吐槽：
「就是因為她總是像這樣對各地男性出手惹麻煩，我才會阻止她。」
原來如此。
「說我對各地男性出手，不是全都因為妳來搗亂而失敗了嗎！」
「這就是我的目的啊。妳給我收斂一點啦！」
「我要為愛而活！」
「要怎麼為愛而活都行吧！向妳求婚的白天鵝明明多得數不清！」
「哼，我才不要那些一點也不美的傢伙！」
「就算是這樣，也不該對其他種族出手！妳知道嗎，大家對妳的怨言全都跑來我這裡了！我又不是專門幫妳善後的！」

「那就別來礙事啊！」

「都是因為妳爸媽哭著拜託我，我才會心不甘情不願地做這種事！聽好了，趁我還肯奉陪的時候趕快收手！哪天搞到無法挽救，我可不管喔。」

正當我向座布團和鷺確認翻譯內容時，兩隻巨大天鵝又在蓄水池裡大鬧，於是座布團用絲把兩隻都綁了起來。

綁是綁了……但黑天鵝好像沒做什麼壞事吧？

啊，這隻黑天鵝為了妨礙白天鵝會不擇手段？原來如此。

呃……話題好像扯遠了……我和巨大白天鵝的種族差異太大，彼此之間很難產生什麼愛情吧？

就在我對這點感到懷疑時，巨大白天鵝身上發出一陣光芒，化為人的模樣。

……………

眼前出現一個美到會令人看呆的女子。

我不由得發出聲音，被露和蒂雅捏了一把。不不不，雖然這樣對太太們很不好意思，會有這種反應也是難免。這就像看見一顆連外行人也曉得價值連城的美麗寶石，內心自然會有所動搖。

此時某人出面妨礙，伸手遮住我的視野。

「不可以上當！對那傢伙來說，要變成不同種族的任何外表都是隨心所欲！」

我起先還在想是誰，仔細一看是個與白天鵝人類形態幾乎一模一樣的女性。

服裝色調是與白色相對的黑色……所以是黑天鵝？

「沒錯。如你所見，外表可以自由變化。所以，我也能化為相同的模樣。」

聽到黑天鵝這句話，我頓時冷靜下來。美女的真面目是那隻巨大白天鵝。

「慢著！我是被詛咒才變成天鵝！這才是我真正的模樣！那個女人想欺騙你！」

「不要胡說八道！妳打從出生就是天鵝！」

嗯，看得出來她會在各地惹麻煩。

可是，雖然我不覺得自己很醜，卻也沒有自戀到會以美男子自稱。

我覺得我長得很普通啊……到底好在哪裡了？

對於我這個疑問，黑天鵝給了回答。

「呃…………對那傢伙來說，對象只要不是白天鵝都好。這次的事，也是因為看見你被綁架，覺得伸出援手說不定能讓你愛上她才會跳出來。不過，最後大概被欲望沖昏頭了，才想直接把你帶走。」

「才、才、才不是！我沒有要把人帶走啦！」

白天鵝否認，但是從先前的言行看來，我比較支持黑天鵝。

黑天鵝去吃飯吧，這段時日辛苦妳了。喔，不用客氣，想要多來幾碗也行喔。不、不需要哭吧……

白天鵝，不要嚷嚷什麼好奸詐。

不過，原來變成人就能說話啊？一開始直接用這個模樣解釋不就好了嗎？

最後。

巨大孔雀。

有喜事就上門道賀是你們的習性？所以，單純只是來祝賀？剛好碰上那場空戰才順勢參加？

…………

好像沒做什麼壞事耶？

不過，本來按規矩該兩隻一起祝賀，結果自己忍不住先飛過來了？啊，所以才會挨另一隻巨大孔雀的罵啊。被丟下來當然會生氣嘍。

那麼，孔雀就交給孔雀吧。特地來祝賀還是該感謝一下就是了。

總而言之。

似乎該怪那隻忍不住出手的烏鴉，以及順勢搗亂的白天鵝。

烏鴉已經好好道過歉，座布團和鷲也替我罵過牠了，所以我不打算要求什麼。何況牠看起來已經反省夠了。

問題在於……那隻跑去誘惑格魯夫兒子，然後被人家老婆用關節技狠狠教訓的白天鵝吧。把牠放著不管恐怕會惹出大麻煩。

12 天鵝池

夜晚。

巨大天鵝優雅地在打了光的蓄水池裡游泳。

然後，不知不覺間，巨大天鵝翩翩起舞。老實說，我對於舞蹈不太了解，但是牠的舞有種能讓人持續觀看的魔力，恐怕連翅膀掀起的水花都經過計算。真是精采。

但是這樣就要讚嘆，還太早了。

黑天鵝也加入了這場舞。兩隻鳥的較勁，使得表演變得比剛剛更具震撼力。雖然我也不曉得到底哪裡厲害，總之就是很厲害。讓人看到連時間都忘了。

兩隻天鵝默契十足，難以想像不久之前牠們還以人類的模樣大打出手。看著看著不禁令人感到疑惑——明明能夠合作無間，為什麼總是像剛剛那樣吵架呢？

表演完畢後，牠們緩緩移往蓄水池中心問候大家。

居民們紛紛報以熱烈的掌聲，然後把形狀像橄欖球的麵包丟向池裡。這是白天鵝的要求，說是如果我們覺得舞跳得好，請丟麵包給牠們。

於是，鬼人族女僕從白天就在烤麵包，看來是早已確定會丟麵包了。

兩隻巨大天鵝爭相啄食丟進去的麵包塊。儘管這次順勢就答應了，沒吃完有可能會汙染蓄水池，以後還是別這麼做吧。

嗯？池龜們會幫忙吃掉沉下去的麵包？那就好。

啊～孩子們，麵包要丟到牠們身邊，不是砸在牠們身上喔～烏爾莎，丟的時候不要扭動手腕，那樣會變得像子彈。

還有，兩隻巨大孔雀。

怎麼樣？你們原本要接著上場對吧？看完那支舞，你們還做得到嗎？

…………

知道了，改天吧。沒問題，剩下的時間魔王會努力。

他在遊行沒什麼表現，所以做了不少準備的樣子。

隔天早上。

嗯，魔王很努力了。

所以，關於昨晚的事還是別多說吧。早點忘記對魔王比較好。

我巡視屋子、吃早餐，然後巡視田地。

一如往常……兩隻巨大天鵝睡在蓄水池裡。因為昨晚當主角累了嗎？看見一樣的睡姿讓人覺得牠們感情不錯……但是真的很大。能不能變成一般天鵝的大小啊？

巡視完田地回來，發現一般大小的孔雀停在屋頂上。

反而是牠們能變成一般尺寸啊……希望今後也能維持這樣。

話說回來，艾基斯經常待在那裡耶……就在我擔心艾基斯要怎麼辦時，卻發現牠就在孔雀旁邊。看來牠的怕生問題已經好多了。

也不曉得是不是因為這樣，鷲在我房間裡鬧彆扭。鬧彆扭也就罷了，為何要在我房間啊？算了，反正白天沒在用，這樣也無妨。

還有魔王，躺著鬧脾氣別待在客廳，去找個空房間。不待在客廳貓就不會來？這麼說的確沒錯。那你就躺到高興為止吧。

午餐。

巨大黑白天鵝化成人形態跑來。白天鵝全身溼透了，怎麼了嗎？

這樣啊，對村裡的男性（格魯夫）拋媚眼，結果挨了一記監護人（太太）的背摔，於是掉進蓄水池裡是吧。還在水面彈了三下嗎！真想看……失禮了。快去洗個澡。還有，學會自制吧。

這副德行真的是神使嗎？

昨天，說教結束之後，巨大白天鵝強調自己是神使。

只不過沒有東西能夠證明。空口白話。

不過，看見巨大黑天鵝心不甘情不願地承認，我想應該是真的。

我都說願意相信了，白天鵝還是要展現一下得到神明認可的舞蹈當作證明，才有昨天的表演……我想部分原因也在於牠自己想展現給別人看吧。巨大孔雀們也搭了順風車。這兩隻孔雀好像是靈獸。

我不太清楚，是類似聖獸那樣嗎？人家告訴我，聖獸是接近神域的野獸……完全不一樣？喔，不是野獸進化，而是神直接創造的存在？原來如此。

看樣子，巨大烏鴉八成也是神使或靈獸之類的……結果好像是太陽神的化身。來頭還真大。但是，我完全不會懷疑。不知為何總覺得就該是那樣。

可是，能抓住太陽神化身的座布團與敢教訓太陽神化身的鷲，又是怎麼回事？而且，太陽神的化身被人家抓起來罵好嗎？太陽神的化身也有很多種？話是這麼說沒錯啦。

烏鴉沒跟著天鵝牠們一起表演，而是享受起矮人端出來的酒。可能是受到酒的影響，牠過了中午還在睡。雖然無妨就是了。

今天下午，烏爾莎、阿爾弗雷德與蒂潔爾要回學園。又要感到寂寞了呢。

烏爾莎雖然不想和新的弟弟妹妹火華琉和火御子分開，看樣子她還是明白該回去。嗯，反正只要利用短距離傳送門，隨時都能見面嘛。

如果太過擔心，也會讓孩子們不高興。昨晚已經有一場類似歡送會的活動了，今天只有單純送行。

嗯？大概是醉意未消所以腳步歪歪斜斜的巨大烏鴉走了過來，為烏爾莎他們指引方向。

應該往西！

…………

魔王國的王都確實在西邊，然而孩子們要利用傳送門，因此接下來會去南邊的「大樹迷宮」……

嗯，抱歉。

孩子們往西走了一小段路之後，才轉往「大樹迷宮」的方向。

抱歉，讓你們費心了。

Farming life in another world.

Chapter,2

Presented by
Kinosuke Naito
Illustration by
Yasumo

〔第二章〕

邁向夏天

01.五號村　02.深邃森林

1 不是忘記

孩子們前往魔王國王都當天的晚餐後，我、德斯、萊美蓮、基拉爾、古隆蒂、馬克、絲依蓮、德萊姆、葛菈法倫、哈克蓮以及拉絲蒂，在客廳集合。

這是一場為拉絲蒂第二個孩子決定名字的會議。

雖然生產前就已經想好男生的名字和女生的名字，可是拉絲蒂一生完就提出異議。

「我感覺到那孩子具有特別的力量，應該依據這點來起名。」

對於拉絲蒂的意見，德斯他們也贊同。

原本應該立刻想新名字，卻碰上遊行而拖到現在。絕對不是忘記。

名字正式定下來之前，都是用「拉絲蒂的兒子」、「德萊姆的孫子」稱呼，所以我希望早點決定。

討論到接近深夜的結果。

命名為庫庫爾坎。

這個名字似乎屬於一頭擁有力量，但愛好和平的龍。對我來說，只要拉絲蒂能接受就沒問題。嗯，真的沒問題。

拜託別用什麼火庫庫爾坎或是火爾坎，直接用庫庫爾坎就行了。

沒有烏爾莎、阿爾弗雷德與蒂潔爾的早餐好寂寞。

但是，伊絲莉還在。我可不會質疑她為什麼在這裡。伊絲莉沒有和烏爾莎他們一起去學園是有理由的，並不是忘記。真要說起來，就算我忘了，伊絲莉也會主動提醒吧？

伊絲莉留下來的理由，是因為和龍族打麻將留下的賬還沒結清。我原本以為是每場結算，什麼時候變成最後才結算的啊？

並非如此。似乎是要把龍族輸給伊絲莉的東西，換成對於伊絲莉來說有價值的東西。

唉，畢竟拿到一堆聽都沒聽過的山或城堡也是種困擾嘛。變成她要負責管理那些地方也是個問題。

顧慮到了這點值得嘉許，但我想說的是，你們根本就不該把那些東西拿來賭。唉，當事人大概完全沒想過會輸給人家吧。賭博真恐怖。

吃完早餐後，大家開始結算。

然後，這件事也和我扯上關係。嗯，與其說我，不如說村子吧。

伊絲莉從龍族那邊贏走的東西由我買下，款項由村裡的產物支付。

這些產物也不是一次付清，她表示希望在換季時送去常識範圍內的量，所以算不上什麼大問題。就類似多了一個收成時分享作物的對象。

那些伊絲莉從龍族手上贏過來又被我買下的東西，龍族似乎不打算買回去。

他們說，如果嫌礙事，等火一郎、拉娜農、火華琉、火御子和庫庫爾坎長大後給他們就好。

我覺得把礙事的東西丟給孩子們不太好耶？那些東西對於龍來說還附帶榮譽和稱號，所以他們不會排斥？如果是這樣或許沒問題，不過以後記得別再拿這種東西來賭。

還有，伊絲莉。

妳寄放在我這邊的金幣桶，要怎麼辦？呃，要直接寄放在村裡也沒問題啦……那麼，就把那些金幣放進村裡的倉庫嘍。

我會給妳一份託管證書……用紙容易引起麻煩啊？那就從倉庫裡找個適合代替的東西。正好有個感覺還不錯的手環，造型很講究。

看來也符合伊絲莉本人的喜好，就拿這個代替證書吧。露也說價值差不多。

…………

咦？這是魔道具？原來是這樣啊。那麼，告訴伊絲莉怎麼用吧。拜託嘍。

今晚比傑爾預定會來接伊絲莉回王都。

啊～各位龍朋友，別因為這樣就找人家打麻將。

中午。

薇爾莎從「五號村」返回了。

其實原本應該每天回來，但是她最近似乎寫得很順利，所以在「五號村」弄了個工作室窩在那裡。

因此薇爾莎連遊行也沒參加。不是忘記。從數天前就開始每天聯絡了。

更何況，文官少女組也多次跑去徵詢妳的意見吧？所以，妳沒辦法參加也不能怪我們。

還有，被巨大烏鴉、黑白天鵝和孔雀夫妻嚇到也不能怪我們。

姑且確認一下，你們認識嗎？喔，不認識啊。但是曉得白天鵝喜歡追著男性跑？這樣啊。

知道對策嗎？當成災害乖乖認命？原來如此。啊，不，我只是問問。

「五號村」那邊如何？聽說妳找到一群同志，活動規模變大了，記得別給陽子添麻煩喔。

活動私下舉行是美德？雖然鼓勵派系抗爭，該用作品競爭不該動武？

祈禱妳能將這點牢記在心。

午後。

孔雀夫妻帶來一段優雅的飛行。明明只是普通地飛，卻不知為何有種值得慶祝的感覺，讓人想要感謝上天。

天使族的各位，不要燃起競爭意識。巨大烏鴉也別想著和人家較量。白天鵝，坐好。

鷲和艾基斯相當老實。很好、很好。

這麼說來，由於遊行延後舉辦，原本預定在遊行之後回去的天使族瑪爾比特、琳夏和蘇爾蘿在這裡待了很久，這樣沒問題嗎？不要把臉別開。琳夏也染上壞習慣了呢。我知道妳和孫女感情融洽，但是不好好工作會被討厭喔。馬克和絲依蓮差不多也要回去了，要不要乾脆拜託他們載妳們一程？

在這之前，還要先打一場決定誰留在這裡？不是已經決定由菈茲瑪莉亞和瑞吉蕾芙留下了嗎？還沒決定？我知道了。那麼，決定好和我講一聲。

還有，打的時候注意別對田地造成損害。小黑牠們的角不給喔。

2 歸去的人們與留下的人們

晚上。

一臉倦容的始祖大人抵達。好久不見。

儘管無法參加遊行令他長吁短嘆，卻也不能丟下本業不管。

雖然大事已經處理完畢，始祖大人似乎還沒辦法閒下來。今天也是吃過晚飯就要回去。

不過，我覺得始祖大人與其來找我聊天，不如多多珍惜和薇爾莎相處的時間。她躲在那邊的柱子後面看著我們，沒馬上過來是因為害羞嗎？不對。我忘了。在薇爾莎面前，必須注意和始祖大人之間的距離才行。

我逃跑了。

始祖大人和薇爾莎依依不捨地道別後，踏上了歸途。

然後，薇爾莎在失落了一會兒之後，回到了「五號村」。大概是要努力寫作吧。

…………嗯，加油。

雖然我會送些甜點過去慰勞，基本上不干涉事務。如果有問題，就和陽子說一聲。

馬克和絲依蓮背著土產回去了。

海賽兒留在村裡，不過就像我之前再三強調過的，結婚要看當事人的意願。我已經告訴海賽兒，如果火華琉不願意，我就不會幫忙。

另外，既然要留下來，就必須幫忙做些村裡的工作，不過這部分倒是不成問題。哈克蓮和拉絲蒂懷孕時，海賽兒就努力地代理兩人的工作，生產後也沒變。

儘管應該考慮到討好我和村民能讓我們支持她的婚事，這點就不需要特別明講了。更何況，她雖然公開宣稱盯上火華琉，卻幾乎沒靠近過。

按照哈克蓮的說法，對象長大到某種程度之前，母龍只會很正常地當個護衛，不需要放在心上。

……以前德麥姆和廓恩也是那種感覺嗎？啊，哈克蓮那時候離家出走，所以不知道啊？

德麥姆、廓恩，以及賽琪蓮和廓倫也背著土產回去了。改天再來啊。

德萊姆和葛菈法倫則在陪伴孫兒拉娜農和庫庫爾坎。你們不回去嗎？要是太晚回去，古吉會來叫你們喔。

嗯？德萊姆把懷裡的庫庫爾坎交給葛菈法倫，示意我跟他到外面。

…………「大樹迷宮」？

地下有道陌生的傳送門。不，傳送門本身很眼熟，那是露做的短距離傳送門。傳送門設置在這裡也就表示……

這道短距離傳送門通往德萊姆的巢穴。

都準備到這種地步了，我也不方便拒絕。算了，既然是通往德萊姆的巢穴，我就沒意見。如果你們那邊能出人手負責管理傳送門就再好不過。

不過，你們就那麼想把飛行一小時的距離縮短成跑步五分鐘嗎？

葛菈法倫都快說出要搬家了？設傳送門是無妨，但要是心力都放在孫兒身上，會被女兒討厭喔。適可而止啊。

天使族也回去了。

留下來的一如預期，似乎是菈茲瑪莉亞和瑞吉蕾芙。

之所以講「似乎」，是因為菈茲瑪莉亞和瑞吉蕾芙負責率領返鄉的天使族。聽說是顧慮到返鄉組的心情才出面擔任領隊，所以途中就會折返……但我總覺得可能會一路帶隊回到天使族之里。

總而言之，天使族的大人物都離開了，琪亞比特和雙胞胎天使蘇爾琉、蘇爾蔻顯得很開心。

雖然應該沒什麼人直接問「妳們沒對象嗎？」、「還沒有小孩嗎？」之類的……啊，原來有人問。每天都問？難怪她們回去讓妳們這麼開心。不過，別討厭人家喔。畢竟她們也是出於擔心嘛。雖然我也知道那是多管閒事。

順帶一提，奧蘿拉意外地很黏琪亞比特。

前段時間，奧蘿拉對蒂雅說想當個像琪亞比特那樣的公主，讓蒂雅露出奇怪的表情。要說是公主的話，的確也算是公主啦……我的表情似乎也很詭異，讓琪亞比特相當生氣。

另外，我還得安慰因為瑪爾比特回去而有些沮喪的小黑四。

嗯？小黑四的伴侶耶莉絲跑過來找我，主張這件事該由牠來做。

的確是這樣。那麼，就交給妳嘍。

不過，我的手已經進入撫摸模式了。

……………

於是我摸了就在附近的小芬里爾們。好乖、好乖，天氣差不多要變熱了，大家要注意身體喔～

獸人族男孩三人組的戈爾、席爾和布隆，現在回來得很頻繁。

因為有了一條短距離傳送門構成的路嗎？他們好像在思考該挑什麼時間帶太太們來村裡。

既然不是搬進村裡，只是過來看看，我覺得不需要特地選什麼時間。

戈爾你們有打算回村裡嗎？這種事情要記得好好和太太商量喔。畢竟擅自決定只會引發爭執。

還有，剛剛達尬好像對你們說了什麼……喔，你們想三個人進森林？不行喔。進森林時，必須有小黑的子孫們或座布團的孩子們同行。就算是我，沒做到這點也會挨罵呢。

不過嘛，看來達尬已經訓過你們了，我就不多嘴了。

所以，你們想三個人進森林有什麼目的？不是不小心吧…………想修行？你們在魔王國碰上什麼危險嗎？不是？相反？

因為在魔王國過得太和平，擔心身手變遲鈍嗎？

啊～老實說，我不太明白你們為何會這麼想，但既然要修行，就該注重安全。畢竟你們已經結婚了嘛。找達尬和格魯夫當對手不算修行嗎……希望對手狠一點啊？

…………

要不要試著拜託哈克蓮？她說生產後沒怎麼活動身體，想要大鬧一場。

咦？雖然想修行，卻不想成為傳說？和哈克蓮修行會成為傳說嗎？呃，要換人倒是無妨……那麼，基拉爾怎麼樣？其實啊，他先前就問過我村裡有沒有什麼能讓他幫上忙的地方。反正收成還早，找他當你們的修行對象……不用逃吧？基拉爾好歹還是會手下留情的啦。應該吧。

妖精女王跨坐在世界樹的樹枝上睡午覺。真厲害。

……

這麼說來，可以向妖精女王祈求安產嘛。

不止哈克蓮和拉絲蒂，村裡生產順利或許都是多虧了妖精女王。她似乎不喜歡人家直接道謝或祈禱，所以我只在心中表達感謝之意。

……

妖精女王醒來看向我。很遺憾，點心時間還沒到。

妳可以再睡一會兒……巨大黃金蠶們示意我把人帶走。看樣子妖精女王礙到牠們了。不得已，雖然時間還沒到，就來吃點心吧。

於是我叫妖精女王跟我回家。

進屋後，發現魔王和比傑爾大白天就拿著酒杯找人吐苦水。

看來短距離傳送門引起的糾紛還沒結束。還真辛苦呢。

3 水槍與酒杯

巨大烏鴉、巨大黑白天鵝，以及巨大孔雀夫妻回去了。我原本還以為牠們說不定會就這樣在村裡住下，所以有點驚訝。

不過，烏鴉和孔雀夫妻似乎都有工作要忙。黑白天鵝雖然很閒，烏鴉把牠們訓一頓之後帶走了。是不是該向烏鴉道謝啊？黑天鵝有空可以再來玩喔。

離別讓不死鳥幼雛艾基斯感覺寂寞。驚倒是久違地能獨占艾基斯，顯得很高興。

好啦，那隻巨大烏鴉當成補償送我的漂亮石頭，好像是一種帶有魔力的礦石，叫做祕銀。這種礦石很方便，隨著加工方式不同可重可輕、可硬可軟。此外，也可以當成魔力增幅器使用，因此全世界都有需求。

然而，礦石的量相當稀少。而且，據說只有一部分矮人具備加工所需的技術。也就是說，放在村裡頂多只能壓醬菜，派不上用場。

「所謂具備加工技術的矮人，就是長老矮人。」

…………

既然長老矮人多諾邦這麼說，想來不會有錯。

據說長老矮人本來是一群負責處理祕銀的專業金屬工匠，但是祕銀減少後他們沒辦法靠這門工作謀生，於是轉行改當專業釀酒師。

不過，他們沒有拋棄處理祕銀的技術。在傳承釀酒技術的同時，也會一併教導處理祕銀的技術。

身為長老矮人子孫的多諾邦等人，好像就具備處理祕銀的技術。哦哦，真厲害！

那麼，這塊祕銀就交給多諾邦你們了。

「……這樣行嗎？」

可以、可以，隨你們高興怎麼用。

把東西交給懂得怎麼加工的人才是最佳選擇吧。

夏季的腳步已近。儘管早了點，我決定開始準備泳池。

雖說如此，蜥蜴人們接下了清掃和注水的工作。謝謝你們。

不過就算是這樣，什麼都不做依舊說不過去。

於是，我做了在竹筒上鑽洞的手推式水槍。以小孩子的玩具來說，它應該算是剛剛好。雖然拿給大人玩就稍嫌不足。關於這部分，山精靈們應該會想辦法解決吧。畢竟她們從剛才就在討論如何提升威力和射程了。

隔天。

山精靈們笑容滿面地把用大量竹子製作的水槍展現給我看。

……………

那叫做水槍嗎？不對吧？

由六根長竹筒組成的槍身，比較像格林機槍。而且使用者要背著用上好幾顆魔石的動力源與水箱。

試射看看。

放在泳池畔的無數木板，隨著誇張的聲響飛了出去。

嗯，讓槍身迴轉發射許多水彈這點來說是水槍，然而它不是水槍，根本是格林機槍。

背上還算大的水箱，轉眼間就空了，試射完畢。

正當我這麼想時，卻看見竹筒伸向泳池。然後，扳幾下拉桿，發出「嘰叩嘰叩」的聲響動了一陣子，又能發射水彈了。

水可以從池裡補給，所以能連續發射到魔石的魔力用完。

原來如此。禁止使用。不要「咦～」。那些被擊飛的木板，幾乎都破了吧？這種威力不能用來射人。不，我很清楚妳們的技術有多厲害。

供水、加壓和發射都是各槍管獨立處理，藉此縮短發射間隔對吧？沒有拘泥於初期設計的手動轉盤而改用魔石為動力，這點也很了不起。

雖然發射時的噪音和槍管迴轉聲需要改善，安安靜靜地射出那種威力也很恐怖，所以即使噪音保留下來，應該也無妨。

……………唔，把它束之高閣實在可惜。何況孩子們看試射時非常興奮。可是，它很危險。就在我為此煩惱時，德斯拍了拍我的肩膀。

格林機槍朝向龍形態的德斯發射。

龍形態就算挨了格林機槍的連射似乎也不會痛。不但能提供適當的刺激，好像還可以清掉鱗片上的髒汙。被山精靈找來試射的孩子們，開心地拿起格林機槍射向德斯。

雖然這個用法不壞……會弄得周圍都是水，於是地點換到還沒注水的泳池。大家儘量玩吧。只不過，只能射龍喔。

還有，各位龍族朋友，拜託別用龍形態排隊。那種格林機槍，我想一天洗一個人……一隻龍就是極限了。

隔天。

山精靈們做了像是高壓清洗機的水槍，為龍族清洗身體。

這倒是無妨。不過是誰？是誰讓龍形態火一郎裝備巨大格林機砲的？

那玩意兒的水彈能讓森林裡的樹木晃動耶。不，我沒在問「連射三十秒魔石就會耗盡」之類的缺點。

雖然看起來英勇又帥氣就是了。

龍形態的火一郎這不就補充完水和魔石之後又開始找目標了嗎？要怎麼辦？唉，只能幫他做個適合的靶子了嗎……

火一郎，那個只有今天能用喔。還有，只准瞄準靶子射，不可以對人發射喔。也不可以射龍。

過了數天的晚餐後。

有個裝了啤酒的陌生酒杯端到我面前。

…………好輕。

這個杯子不是玻璃做的吧？該不會是祕銀？

「嗯，把祕銀玻璃化之後做出來的。這是能夠維持杯中溫度的祕銀杯。」

多諾邦這麼為我說明。

也就是說，冷飲會保持冰涼，熱飲則會維持溫熱。還真方便耶。

「總共做了十七個，全部獻給村長。」

謝謝。

那麼，一個給我專用，留下六個矮人們專用，剩餘十個當成村子的共有財產。

「感激不盡。還有，這是用剩餘材料製作的。」

祕銀製的開瓶器。有什麼特殊效果嗎？

「不，只是普通的開瓶器。這個也獻給村長。」

哈哈哈，謝謝。

不過，這個比較適合由多諾邦你們拿著吧？交給你們管理，可以隨意使用喔。

「嗯，感謝村長。」

話說回來，好像有人一直在看我們這邊耶？

加特躲在隱蔽處偷看。不，不止加特。露和蒂雅也在。還有，他們不是看我，而是在看多諾邦和祕銀製品。

我想他們大概想打聽有關祕銀加工的事吧。

「我們製作的時候沒遮也沒躲，都是大大方方給人看啊。算了，假如不嫌棄我這個酒鬼，就講給他們聽吧。」

儘管多諾邦一臉無奈，還是拿著祕銀杯與酒桶走向加特他們。

麻煩你了。

閒話　祕銀與長老矮人

我是住在「大樹村」的長老矮人之一柯斯塔。

剛剛做了久違的鍛冶活，而且用的還是祕銀礦。上次使用已經是幾十年……不，幾百年前了？幸好身體還記得怎麼做。

其他人也鬆了口氣。比釀酒還用心？嗯，應該吧。畢竟祕銀製品是長老矮人的驕傲嘛。

做出來的這十七個杯子，也精美得足以讓我們自豪。

可是這樣真的好嗎？我詢問長老矮人裡帶頭的多諾邦。

「你問什麼？」

還什麼，就是把村長交給我們的祕銀做成杯子這件事。說到祕銀，一般來說都是做成劍、戒指和護符吧？

「嗯，確實是這樣。」

所以我在問，無視這些慣例做成杯子好嗎？

「這種問題，你應該在做之前問喔。」

話是這麼說沒錯……但是有祕銀礦能加工太讓人興奮了，所以沒想到那方面。這樣不行呢……

啊啊，我可沒打混喔。就算做的是杯子，照樣要使出渾身解數。造型方面也下了一番工夫。

「那還用說，要是敢打混，我就把你趕出鍛冶場並且禁止你喝酒。」

別生氣，只是開個玩笑而已。釀酒和鍛冶都要全力以赴，這才是我們。

「是啊。而且做成杯子是有理由的。沒理由哪可能會做成杯子。」

是這樣嗎？是什麼理由？

「別急，這就告訴你。」

別吊人家胃口啦。

「我知道。理由很簡單，因為這裡是『大樹村』。」

…………

這是什麼意思？完全聽不懂耶。

「不不不，你仔細想一想。『大樹村』是個什麼樣的地方？」

你問是個什麼樣的地方……在「死亡森林」正中央又能釀出好酒的村子吧？

「這裡確實能釀出好酒，而且能創造新的酒和喝法。先把釀酒放一邊，試著考慮村子的事。」

村子的事…………不懂。

「你還真遲鈍。」

不要一臉無奈的樣子，直接告訴我吧。

「知道了、知道了。啊～先假設我們用祕銀造劍吧。那會是我們的技術結晶。」

嗯。

「這個村子裡，已經有不少比這種祕銀劍更厲害的劍。」

…………的確有。

雖然不曉得村長知不知情，這個村子裡有好幾把傳說級的劍。

移居到「一號村」的人帶來「聖劍」。暗黑龍基拉爾之妻，人稱神敵的八頭龍古隆蒂，從她尾巴誕生的「神龍劍」。守門龍德萊姆大人拿來的劍也很厲害，我在倉庫看到時甚至會腿軟。

還有，溫泉地死靈騎士的配劍是「怨靈劍」；死靈魔導師的智慧劍雖然比起前面那些要差了一截，卻也是精金製成的劍。

每一把都比祕銀劍更有價值。

「然後呢，祕銀劍砍不動的東西也到處都是。」

…………的確是。

祕銀劍的特色，在於鋒利程度會隨著使用者的魔力而提升。所以，祕銀劍本身頂多就是稍微鋒利一點的劍。

假如交給魔力夠多的人使用，祕銀劍什麼都砍得斷……雖然很想這麼說，事情沒這麼簡單。祕銀劍適於保存魔力，容易受到魔力影響。因此，祕銀劍會吸收使用者的魔力，使得劍更為鋒利。如果使用者本領高強，甚至連魔法都能砍。然而，不管交給誰來用，都砍不破堅固的魔法護盾。

受到堅固的魔法護盾「守護之力」作用而凝聚的魔力，會對祕銀劍造成影響，削弱祕銀劍「變得更鋒利」的效果。

因此，雖然我們沒打算拿劍去砍，祕銀劍對於會自然張開堅固魔法護盾的龍族絕對不管用。碰上基於種族特性具備強大魔力的露大人和蒂雅大人應該也不管用。面對布兒佳大人和史蒂芬諾大人那種古代惡魔族也很難產生效用。實際上，對古代惡魔族不管用，正是祕銀加工技術沒落的原因之一。

「你要把這種祕銀劍送給村長嗎？」

…………看來還是不要比較好。

「祕銀做的戒指和護符，以魔法發動體來說雖然很優秀……對此會高興的只有一部分人吧？村長會喜歡這種東西嗎？」

嗯、嗯……若是送給小孩，他或許會高興……但是這種東西交給小孩子，反而會帶來危險吧？更何況，祕銀做的戒指和護符，還有甩不開的政治意義。比方說繼承人象徵。然而，村長只會給一個人嗎？想必會給每一個孩子吧。目前祕銀的量還能讓每一個孩子都拿到，但是將來無法保證。搞不好會引發家族內鬥？

「家族內鬥不適合這個村子吧？」

嗯，能夠理解。

「所以，我才選擇杯子。」

原來如此。這是深思熟慮後的結果啊？

「可以多誇我幾句喔？」

哈哈哈，美酒勝過美言吧？拿出密藏好酒，大家喝兩杯如何？

「哇哈哈哈哈哈。別人約喝酒還有怨言，就算不上矮人了。」

十七個祕銀酒杯。

效果……能維持杯中溫度。以祕銀製品來說這效果不怎麼樣，但是它不會消耗使用者的魔力。

多諾邦將這些杯子獻給村長。我們只要能加工祕銀就心滿意足了，沒想過要留在手邊。

然而，村長留下六個給我們專用。村長的體貼，讓我們肅然起敬。大家心中想的都是同一句話：

「不愧是村長。」

當天晚餐，我們就拿祕銀杯來喝酒。

雖然第一批只有六人，但我很幸運地就是這六人之一。

於是我喝了。

……………

我看向和我一樣拿祕銀杯喝酒的其他人。嗯，大家想的似乎一樣。

杯子太小。不，對一般人來說算是普通尺寸，我們長老矮人用起來就會嫌小。這種杯子裝的量，喝一口就沒了，祕銀杯維持溫度的功能完全發揮不了。我們怎麼會做出這種東西呢？

不、不對，能用在慶祝的宴席上……杯子只有六個。怎麼辦？慶祝……婚禮！沒錯，讓結婚的兩人用怎麼樣？既然是祕銀，應該可以營造出莊嚴的氣氛……有人預定要結婚嗎？連預兆都沒有耶。

怎麼辦？老實向村長解釋，把這幾個酒杯交回去？假如是村長，應該能找到很多用途吧。可是，把賜下的東西立刻退還會造成問題，至少得在手邊擺上幾年才行。

這頓晚餐，只有用祕銀杯的六人特別安靜。

日後。

在鬼人族女僕們的建議下，祕銀杯成為保存糖、鹽等物的瓶子。

「既然有保溫效果，就代表不容易受到外界空氣的影響。」

原來如此。

「如果可以，希望能有搭配這種杯子的蓋子。」

說的沒錯。

知道了。祕銀已經用完，就另外找些材料製作吧。

「謝謝你們。」

儘管好像只是把祕銀杯交給鬼人族女僕，我們不會放在心上。

畢竟祕銀杯底部好好地寫著「長老矮人專用」。

4 容許異議

「五號村」的棒球場舉行了棒球比賽，由魔王率領的猛虎魔王軍對上精靈姬聶斯塔率領的五號村鐵牛軍。

這是一場雙方不斷得分的拉鋸戰，內容值得一看。最後的比數是八比九，由五號村鐵牛軍逆轉贏得勝利。

接下來是聯歡會。在「酒肉妮姿」喝酒吃烤肉。

「呃……敬雙方的精采表現，乾杯～！」

魔王一口喝光厚玻璃杯中事先用魔法冷卻過的冰涼啤酒。

「五號村」的拉麵街一角。

「鹽味拉麵，加麵、加叉燒、蔥多一點、不要筍乾。」

「了解！鹽味拉麵，加麵、加叉燒、蔥多一點、不要筍乾。」

「咦～為什麼不要筍乾？我要鹽味拉麵，加麵、叉燒正常、蔥正常、筍乾多放一點！」

「了解！鹽味拉麵，加麵、筍乾多放！」

沒多久，鹽味拉麵就端到兩名貴族女孩面前。

「首先是湯……嗯。再來是麵……真不錯呢。」

妳還是老樣子，繃著一張臉吃麵呢。吃拉麵的時候不是什麼都別想，直接一口咬下去最好嗎？」

「我無意否定這種吃法。只不過，之後我還得寫感想。」

「既然非寫感想不可，不就更應該保留筍乾嗎……奇怪，妳討厭筍乾嗎？我記得妳之前吃的時候，反應很正常啊？」

「人家要的感想是去掉筍乾。」

「工作稍微挑一下吧。嗯，好吃。要不要再一碗？」

「當然。不過在那之前……不好意思，麻煩來兩杯啤酒。」

「了解，兩杯啤酒！」

兩杯啤酒端到兩名貴族女孩面前。

「喝完這杯就輪到下一碗拉麵。」

「好好好。我開動嘍。」

兩名貴族女孩輕輕地乾杯，喝起啤酒。

熱氣蒸騰的「五號村」鍛冶場。

在這裡，整天都聽得到矮人鍛冶師們充滿節奏感的揮錘聲。

「好——換手！休息的記得好好補充水分。下班的去洗澡、吃飯，然後回家。」

矮人們遵照老大的指示動作。

「噗咻～今天也幹了一整天的活。」

「這就叫做充實的生活吧。知道今天吃什麼嗎？」

「早班的說是魚喔。」

「魚啊？不錯耶～」

「這裡的東西全都好吃，端什麼出來我都能接受。」

下班的矮人們聚集在鍛冶場的員工專用澡堂。這間澡堂的水是靠鍛冶場的火加熱，所以鍛冶場停工時就沒辦法利用。

「每天都能泡澡是很棒，但是為什麼要在飯前啊？」

「本來就該這樣。」

「應該要這樣嗎？」

「對。」

鍛冶場很吵，所以和「五號村」有些距離。也因為這樣，想要在工作的空檔去五號村吃飯不太容易。此外，作業時間主要在日落到日出之間，這段時間有營業的餐廳也不多。

為了解決大家的不滿，「五號村」的代理村長陽子決定設置專用的餐廳。

營業時間是二十四小時輪班制，菜單每天更換，但是只有一種沒得挑。不過，餐點會免費供應給在鍛冶場工作的人，因此頗受好評。

「如果喝酒也能免費就好了。」

「要是真的免費，酒桶沒兩下就要空啦。你看，這杯酒就是吃飯前要先洗澡的理由。」

「原來如此，是這樣啊。」

「是啊。把工作後的汗水沖掉、泡在熱水裡消除疲勞，趁著渾身清爽時灌下冰涼的啤酒…………嗯，爽！」

「……的確，爽！」

年輕的矮人鍛冶師支付中銅幣，加點了啤酒。

「五號村」警備隊員工作時間固定，但是會定期輪值夜班。

實際上，值夜班有給薪優渥、供應宵夜等種種優待措施，所以甚至有人希望能專門值夜班。不過，值夜班最大的魅力，就是下次休假在白天。

「白天，坐在沒什麼人的露天座位，看著其他人忙碌工作……並且痛快地喝上一杯！超棒！」

順帶一提，這種行為也有引來值勤隊員仇視的缺點。

「下次訓練要對那傢伙嚴厲一點。」

「等等，不是這樣的吧！」

「呃……只要有男友陪伴，不管在什麼地方喝酒，都會覺得很好喝喔。沒男友的人？哈哈哈……呃……抱歉。」

「原稿寫完了。拚命趕出來的。原稿完成之後……睡覺。睡個痛快。等到睡醒以後，一邊檢查完成的原稿一邊喝酒最棒了。不，該說是至高無上的享受。」

這是另一種醉法吧？

「自己寫的作品最合自己的胃口，這我也沒辦法嘛。」

我想能夠被自己寫的作品感動到哭出來，也是種才能。

呼，我累了。而且醉了。怎麼會這樣呢？

起先是酒席上的玩笑話。記得是格魯夫吧？

「酒的味道，會隨著喝酒時的情境變化，這點我懂。那麼，在什麼樣的情境下喝酒最好喝呢？」

這個話題在「大樹村」引發熱烈討論。

然後將酒限定為啤酒之後，我們得出最後結論。雖然有了結論，為了驗證，我們決定也在「五號村」進行調查。

這倒是無妨，但是親身體驗各種情境就太過頭了。唉，雖然我也沒有全都體驗過一遍就是了。

所以說，「五號村」的調查結果怎麼樣？果然無法推翻「大樹村」的最後結論？這樣啊。

既然如此，代表那就是啤酒喝起來最好喝的情境嘍？

和家人、朋友一起在宴會上熱熱鬧鬧地喝。

我不否認。此外，也容許異議。

順帶一提，特別獎是「禁酒之後喝」。排除在名單之外的則是「在工作時喝」。

5 訓練與愛莉絲

高空。

龍形態古拉兒背上的座布團孩子們表情嚴肅。

接著，其中一隻發出信號後，牠們兩隻一組先後從古拉兒背上往外跳，總共三十組。

往外跳的座布團孩子們善加利用姿勢與腳控制墜落方向。三十組彷彿成了同一隻生物。

這隻生物有目標。那就是在空中飛翔的鷲。

確認到鷲的身影之後，座布團的孩子們宛如子彈般加速，朝鷲俯衝而去。然而，牠們沒有撞上。靠近鷲的小組以腳互蹬，從鷲的左右兩側通過。

正當觀眾疑惑這是在做什麼時，鷲的動作有了變化。那就是動作變得不太自然。

仔細一看，座布團孩子們的絲纏在鷲身上。分開的座布團孩子之間好像以絲線相連。

鷲正是被這些絲線纏住。

雖然並不是三十組的絲全都纏在鷲身上，纏上去的量依舊相當多，導致鷲搖搖晃晃地著陸。在地面待命的其他座布團孩子們立刻集結上前，將鷲捆了起來。

把絲纏到鷲身上的小組，則在空中織出小型降落傘之後緩緩落地。幸好沒有直接摔在地上。

座布團的孩子們在做什麼呢？答案是進行捉拿空中敵人的訓練。

座布團會在約十公尺高的地方布下絲線，但是自從天使族、哈比族、不死鳥幼雛艾基斯和鷲他們在村裡生活之後，絲線的數量就變少了。畢竟每年都會有一些人勾到絲。

於是座布團不再布那麼多絲線，先前也沒因此碰上什麼困擾。可是，日前那場遊行我差點被綁架。

雖然位置比張設的絲線來得高，所以和數量增減沒什麼關係，座布團的孩子們認為這樣不行，於是自動自發地開始訓練，並且向我展現訓練成果。

順帶一提，我騎在龍形態古拉兒身旁的龍形態基拉爾背上觀摩。

載著我的基拉爾與放下座布團孩子們的古拉兒一落地，便看見座布團的孩子們排著整齊的隊伍前來迎接。

幹得好，這麼一來在空中也安全了。

「呃，與其這麼做，不如讓古拉兒發動攻擊比較快吧？」

基拉爾，別說這種話。呃，我也這麼認為就是了。

不能讓座布團孩子們的努力白……嗯？座布團的孩子們以肢體動作示意我們別急著下結論。

你們知道讓古拉兒出手比較快？所以這是捉拿訓練，和正規做法不一樣？是這樣嗎？既然如此，所謂的正規做法是……

山精靈們造了砲。不是已經禁用的格林機砲……看起來像是迫擊砲。

這也是用水壓……不對。看起來是用空氣壓力把物體發射出去。類似保特瓶火箭那樣嗎？

座布團的孩子們，拿著看似彈頭的圓錐與看似砲彈底部的板子坐進大砲裡。

咦？該不會……

我還來不及阻止，擠成一團的座布團孩子們已經被射向空中。

牠們在到達高空後分裂，開始執行剛才見過的降落行動。原來如此。

太危險了，所以禁止。

不要「咦」！變成砲彈飛出去很危險耶。而且，直接用砲攻擊還是比較快吧？

你們不需要當砲彈。自己當砲彈可以導向，命中率比較高？

或許是這樣沒錯……不不不，不行、不行。

儘管我認同你們的努力，上空對策還是想別的法子吧。那邊的，不要想著進化成能夠在空中飛。不准亂來喔～

溫泉地。

優兒正在整備大型格林機砲——讓龍裝備的尺寸。

那種大小，優兒再怎麼努力也拿不動吧？要用魔法操作嗎？

不對。

似乎是讓人型魔像拿，左右腋下各一門。魔像背上有個巨大的木桶，看來應該是水箱和內藏魔石的動力源。

優兒坐到位於魔像胸口的椅子上瞄準目標。

…………

沒發射。看來她只要擺架勢就心滿意足了。這是好事。

這東西可以就這樣留在溫泉地給妳管理，切記別讓孩子們碰。還有，整備可以，但是不准改造喔。

啊，對了，今天的正題。

這門迫擊砲交給妳吧。嗯，不需要什麼永遠的忠誠啦。

隨妳高興怎麼用都行，但是要好好管理。用壞了也無所謂。拜託嘍。

儘管溫泉地的一部分逐漸化為武器庫……但是優兒幾乎不會讓別人碰，所以能放心。

難得來到溫泉地，就和死靈騎士及獅子一家交流交流吧。唉呀，說穿了也只是一起泡溫泉啦。

嗯？死靈騎士，你居然在盆子裡放了酒杯……現在還是大白天喔。雖然我還是會喝啦。嗯，好喝。

從溫泉地回來之後，要巡視牧場區。

幾隻小黑的子孫們正在引導山羊群。在這種狀態下，山羊們應該不會找我麻……這些山羊還真有種呢。居然往我這邊來。

若是不用手下留情，靠這幾隻小黑的子孫們應該就能壓制；但如果想制止山羊，又要避免牠們受傷就不夠了。山羊群有一半跑向我這邊……卻在快到的時候轉換方向。

我起先還疑惑出了什麼事，轉頭一看發現小黑一的伴侶愛莉絲在旁邊。愛莉絲平常不顯眼，卻是村裡的元老之一。同時，小黑家族的成員也是由牠管教。

也就是說，很多居民都怕牠三分。山羊們也是。

…………

明明這麼文靜可愛。好乖、好乖。

愛莉絲近來主要負責護衛我的孩子們，所以孩子們就在愛莉絲附近。是由露普米莉娜和奧蘿拉帶頭的年少組吧。

露普米莉娜和奧蘿拉跑到我身邊。好，要抱抱對吧。

唔……變重了。一次抱兩個有點勉強。

話說回來，其他人為什麼躲在愛莉絲背後啊？爸爸有點傷心耶。

不遠處，負責看顧孩子們的高等精靈、鬼人族女僕和獸人族女孩，示意孩子們上前向我撒嬌……但是孩子們依舊躲在愛莉絲背後不肯出來。

這讓我體會到必須努力和孩子們交流。

6 桃子

桃子收成了。

當然，只有已經熟的。即使如此，數量依舊不少。

雖然想馬上吃，在這之前要確保送禮的份。

首先是麥可先生的份。桃子不適合久放，沒對外販賣。所以是贈送足以讓麥可先生一家享用的量。

再來是魔王、比傑爾、藍登、葛拉茲和荷的份。這邊也是讓各家庭享用的量。

然後是龍族……送到馬克、德麥姆和廓倫他們那邊就行了吧。德斯、基拉爾和德萊姆待在村裡應該就吃得到。啊，如果不送一些到德萊姆的巢穴，古吉他們就沒得吃了，德萊姆巢穴的份也要補上。這麼一來，德斯和基拉爾那邊就得一併確保吧。龍族應該還要分送別人，所以多給他們一點。

再來則是「好林村」、「南方迷宮」的半人蛇族以及「北方迷宮」的巨人族這幾處，也送點給「東方迷宮」的哥洛克族吧。應該夠每個人都分到一顆吧？

對了、對了，始祖大人的份也不能忘記。最近沒見到芙修，但是她也該有一份。不過，假如始祖大人來得太晚，這兩份就沒了。畢竟不能放到爛掉嘛。

……………

陽子看著我。應該是想送給「五號村」的有力人士吧。我知道，這部分也會記得保留。不過，贈送時就得麻煩陽子嘍。如果由我來送，大家又要為回禮什麼的搞得焦頭爛額。

既然「五號村」的有力人士分得到，那麼「夏沙多市鎮」的米優想必也會曉得這件事。米優的份也要確保。「夏沙多市鎮」的伊弗魯斯代官，就由米優轉交。這樣應該就行了吧。

……………

反正有短距離傳送門，也送一些給魔王國的學園吧。

畢竟戈爾、席爾、布隆、烏爾莎、阿爾弗雷德和蒂潔爾受到人家關照嘛。雖然不曉得那裡有幾位教師，不過送一定的量給學園長應該就沒問題了吧。

戈爾、席爾和布隆的太太會不會也想要啊？即使太太們不想要，戈爾、席爾和布隆也會想要吧。畢竟他們待在村裡時常吃嘛。那就把烏爾莎他們的份一起送過去，然後大家分吧。雖然為人慷慨的烏爾莎可能會連自己的份也分送出去，不過有阿薩、厄斯和梅托菈在，應該攔得下來吧。

最後，還要保留一些，以免漏了誰沒送。我知道自己有粗心的毛病。

送人的大概就這樣。

雖然桃子消耗不少，剩下的量卻還是多到可以說吃不完。

幫忙採收的高等精靈、山精靈、鬼人族女僕、矮人、獸人族女孩、文官少女組，以及小黑的子孫們和座布團的孩子們，都一副等不及了的模樣。真是抱歉。

還有就是用期待眼神看著我的孩子們。你們也有幫忙採收嘛。

好，可以吃嘍。

我一開口，座布團的孩子們就幫忙用絲線剝掉桃子皮，並且把果肉切好、去掉果核。謝謝你們。

啊，我該第一個吃對吧。

嗯，好甜。

看見我吃了之後，其他人也跟著動手……座布團的孩子們幫忙切好的桃子，還來不及放到盤子上就消失了。大家真厲害。

不過，這是點心喔。要是吃太多導致吃不下晚飯，會挨安的罵喔。

嗯？一隻座布團的孩子跑來問我桃子的果核要怎麼處理。

矮人們釀酒會用到果核，所以放進這邊的木桶裡。喔，不是拿果核釀酒，而是用來增添酒的香氣，釀出有桃子香味的酒。

不，他們不會全部用光，想要果核可以拿走，但是你們要做什麼？

分給花田的妖精們？哈哈哈。如果是這樣，就別拿果核，直接拿果肉給他們吧。只有果核周圍殘留的果肉，未免太寒酸了吧？好好好，在全部吃光之前也保留一些吧。

剩下當成晚餐後的甜點。別忘了還要留一些給不在場的人。

露的份？嗯，露喜歡桃子嘛。一開始就幫她留了。當然，其他老婆的份也是。

收到桃子的魔王國王都有了回應。

雖然表達了感謝之意，簡單來說就是「想要更多」。我覺得這種東西就是要稀少才有價值耶。還有，別拿去向周圍的人炫耀。

因為無法拒絕的對象來要，其他人找我哭訴，讓我很困擾。啊，嗯，一部分該怪蒂潔爾就是了。

蒂潔爾沒把自己的份吃掉，而是賣給達馮商會。

藉機賺點零用錢倒是無妨，不過達馮商會似乎開了超乎想像的高價，導致桃子隨著高價成為王都居民口中的夢幻果實。

這麼一來，待在王都的貴族們自然會採取行動。他們動用所有人脈，試圖把夢幻果實弄到手。然後，一找到手邊有夢幻果實的人，就登門拜訪。魔王和四天王似乎因為交情而無法拒絕。最頭痛的人大概是學園長吧。現在她那裡幾乎天天都有貴族拜訪，而且每次都會提起夢幻果實。既然如此，她當然只能端出桃子問對方要不要來一個。

當然，儘管應該也會得到一些回饋，應付起來非常累——從梅托菈寫的報告信就看得出來。

嗯，多虧了短距離傳送門，現在信件幾乎是即時送到，這點實在不錯。烏爾莎和阿爾弗雷德好像就把桃子切開來和其他學生分著吃了。

真希望蒂潔爾在這方面能學學他們。

嗯？厄斯開的店想推出用到桃子的甜點？

主意不壞，不過會變成期間限定喔。還有，夢幻果實現在是熱門話題，所以說不定會引發騷動。我必須回個信，要他先等一等。

然後，這一封……看來是蒂潔爾寫來辯解的信。簡單來說，她原本沒打算賣，純粹是送給商會的朋友，只不過對方考量到回禮後擅自訂了個價格。

蒂潔爾應該不會在這種事情上說謊，所以大概是真的吧。引發騷動讓蒂潔爾很為難嗎？這樣啊、這樣啊。然後，為了平息騷動，希望能再送些桃子過去？真拿妳沒辦法。

我很想這麼說，但是慢了一步。麥可先生和文官少女組正在握手。

就在剛剛，從王都聽到夢幻果實傳聞的麥可先生提出桃子的交易合作，已經和我們簽下買賣契約。抱歉，蒂潔爾。

「大樹村」剩下的桃子都要送去戈隆商會。到了下次的產季，我會再送些採收下來的桃子給蒂潔爾，希望她能等到那個時候。

7 刨冰

刨冰。

從冰塊上削出碎冰，再淋上糖漿就大功告成的簡單甜點。不僅製作簡單，冰塊又能靠魔法搞定，所以在「大樹村」還算知名。雖然也有人冬天待在溫暖的房間裡吃，刨冰的季節應該還是夏天。

所以，我決定把刨冰機拿出來保養。

…………

看來在我動手前，山精靈或者其他人已經先搞定了，刨冰機的動作十分順暢。那就清理一下吧。

露，雖然妳已經在製作冰塊，我還沒……知道了，那就準備吧。我知道，新口味對吧。

露吃了刨冰，抱著頭喊痛。

大概是冰淇淋頭痛吧。似乎是冰的東西一下子吃太急，導致腦產生錯覺而引發頭痛。記得以前聽說過，這種現象因人而異，有人會也有人不會。

應對方法似乎有很多種，就我個人來說喝杯溫熱的茶就好。

在露喝著熱茶時，一旁被刨冰引來的妖精女王則平安無事地享受著第二碗。

「這個抹茶口味，我一開始還覺得很怪，結果意外地不壞。也很適合搭配小麻糬和豆沙餡。」

多謝誇獎。還有，小麻糬是白玉湯圓吧。嗯，白玉湯圓也是用糯米做的，當成小麻糬應該也行啦。

嗯？小黑的子孫之一……這不是小黑二嗎？小黑二也想要吃刨冰嗎？真稀奇。這倒是無妨，不過刨冰要慢慢吃喔……啊，有可能噎到呢。那就避開湯圓……小黑二啊，你這隻腳是怎樣？想吃湯圓嗎？

……知道了。我幫你切成小塊吧。

不過，純湯圓可沒那麼好吃喔。畢竟它不甜。記得搭配刨冰甜的部分一起吃。

頭痛的小黑二倒在地上扭動。就說了要慢慢吃啊。

呃，確實如果不吃快一點，說不定等到其他小黑的子孫們聚集過來就麻煩了。但是你不需要顧慮那麼多嘛。來，熱茶。

妖精女王要再來一碗？知道了。露也要？妳居然還想吃……喔，要茶啊。了解。

聚集過來的小黑子孫們，麻煩你們再等一下。畢竟得等露再做些冰塊才行。

為了數量眾多的小黑子孫們，我試著在大盆子裡製造大量刨冰。
結果刨冰本身的重量，又把中央的部分壓成冰塊了，真是失敗。
幸好還沒淋糖漿。別偷懶，一碗一碗做吧。
刨出碎冰、淋上想要的糖漿，然後放上水果。抹茶紅豆白玉湯圓很受歡迎呢。還有，注意別吃到頭痛嘍。
弄完小黑子孫們的份之後，接下來就輪到幫忙做刨冰的座布團孩子們。
雖然山精靈們已經幫忙將人型魔像改造成刨冰魔像，這些我必須自己來。魔像就等出去擺攤的時候，再請它好好努力吧。
對了，既然來了，就幫個忙吧。刨冰部分我會努力，但是白玉湯圓恐怕不夠。麻煩妳們去幫那邊。
我也吃了碗刨冰。
糖漿是草莓口味。抹茶用完了。好吃。
我又吃了另一碗。同樣是草莓口味。
……………
原來如此，味道不一樣。差異來自冰塊的味道嗎？
我覺得露製冰很辛苦，打算想個辦法解決。
露的製冰方法，是以魔法在空無一物的地方產生冰塊，然後讓冰塊逐漸變大。

所以我在想，如果一開始先準備好水，讓這些水結凍，是不是比較快也比較省力呢？
結果，把事先準備的水結凍比較省力也比較快。
然而，味道有很大的差異。
一開始用魔法製造的冰比較好吃。雖然不清楚理由，差異很明顯，連我也吃得出來。意思是費工的才會好吃嗎？不，或許是結凍的方式有問題。
冰箱做出來的冰和專業製冰廠的冰，味道應該也會有明確的差異。需要研究一下呢。
不過嘛，這件事先擺一邊。露，抱歉。麻煩妳再努力一下。
妳瞧，用功時間結束的孩子們在看這裡。嗯，我也會努力。

隔天。
改良型刨冰魔像。
初期型還沒用過就有了改良型。似乎是效能有所提升。
昨天沒用魔像並不是因為這樣……總而言之，先看看成果如何吧。
…………
所謂的效能提升，是指讓冰塊就定位這段嗎？
確實很有震撼力，但是冰塊每三次會掉一次是怎麼回事？因為是冰，所以會滑？嗯，也是啦。
掉在地上的冰塊……雖然浪費，只能送進蓄水池了。幫忙用魔法製造冰塊的芬里爾們，抱歉了。

然後，做出來的這幾碗刨冰……就讓我試試味道吧。只吃一碗喔。要我全吃光實在沒辦法。喂，不要讓魔像作出難過的表情。妳們在後面操控，我可是看得一清二楚喔。

8 以前吃什麼

「飽食與美食是大罪。」

如此主張的宗教團體，前去拜訪「五號村」的代理村長陽子，要求「五號村」居民改正對於飽食與美食的追求。

由於宗教團體的人謹守禮儀、按照規矩來，陽子並未獨自做決定，而是將議題拿到「五號村」的議會。議會對於這項要求進行了充分的討論之後得到結論，將下述文字公告在「五號村」各處。

「注意別吃過頭。但是，也不能剩下。請評估食量再點餐。」

如此一來，這件事應該就到此結束了。

「大家應當回想一下來到『五號村』之前都吃些什麼，並且對『五號村』的食物心懷感恩。」

看見議會這番宣導的部分「五號村」居民，對陽子提出這樣的訴求。

仔細一問才知道，最近有些年輕人已經忘了過去的苦日子，覺得在「五號村」吃到的東西很普通。

提議的居民們希望訂立一個日子，只准吃些來「五號村」之前吃的東西。大概是想透過這麼做，讓人重新對「五號村」的食物心懷感激吧。

儘管居民們謹守禮儀、按照規矩來，陽子卻直接打回票。

理由很簡單。

「想做就自己去做！不要把別人拖下水！」

以上。陽子這番話確實很有道理，所以那些提出訴求的「五號村」居民，改為每十天舉行一次回顧往日寒酸飲食生活的聚會。

晚上。

陽子將這一連串發展向我報告。

「儘管我當場回絕，這項訴求確實值得省思。」

話是這麼說，但妳也不會想去吃以前吃的那些東西吧？

「嗯。明明有好吃的東西能吃，為什麼非得特地去吃些難吃的東西？」

陽子這麼說著，把餐後酒一口喝乾。接著，她向旁邊的鬼人族女僕又要了一杯葡萄酒，還表示要吃晚餐時端出來的火腿。雖然火腿是出自「五號村」近郊牧場的試作品，陽子好像相當中意。我也覺得味道不壞。

但是，我還是覺得平常吃到的「二號村」製火腿比較美味，這算不算偏袒自家人啊？正當我腦袋裡浮現這個念頭時，洗好澡的一重來到陽子身邊。

平常一重都和陽子一起洗，不過今天陽子回來得比較晚，所以是高等精靈莉亞她們陪一重……看來不是。莉亞她們只在旁邊守望，一重是自己一個人洗澡。好乖、好乖。

我摸摸一重的頭，向把一重帶過來的莉亞她們道謝。

隔天早上。

我回想陽子說的那些話，稍微思索了一下。

來到這個世界之前，我因為罹患重病，所以住院了。起先，我吃的是住院餐，數年之後變成流質食物，最後一年則都是吊點滴。

因為有過這種經驗，我不希望失去這種幸福——能在想吃的時候吃到想吃的東西。雖然我會感謝上天賜我每日的食糧，這樣的感謝是否已經流於形式呢？我是不是已經把吃到好吃的東西看成理所當然？

儘管我自認沒有鬆懈，利用這個機會自省也不壞。

於是，今天的午餐，我想弄些剛來到這裡時吃的東西。

菜單一。

單純的烤兔肉。不加鹽或胡椒。

我試著咬了一口。

令我想起剛來此地的時候有多辛苦。

…………

不，倒也沒那麼辛苦。能夠自由活動的喜悅好像更為明顯。而且，能夠吃固體食物讓我很開心。真是懷念的味道。

然而，如今我已經曉得，兔肉經過高等精靈們長年磨練的狩獵技術仔細處理，再交給廚藝轉眼間就超越我的鬼人族女僕們使用充足的調味料烤出來是什麼味道，所以短時間內都不太想碰沒加調味料的烤兔肉了。

嗯，總之呢，就是那個啦——明明曉得怎麼弄得好吃，何必特地用難吃的方法去調理。如果行有餘力，就該致力於讓食物變得更好吃。

不過，無論吃肉還是吃草，都是在享用別的生命，必須心懷感謝。

菜單一已經教了我很多，所以沒有菜單二。

順帶一提，我是自己想嘗以前的食物，沒有強迫別人跟進。可是，好像還是造成了影響。

各種族聊起搬進「大樹村」之前常吃的東西。

哈洛里沙拉。

高等精靈們以前好像常吃這道菜……或者該說是草。

可是，哈洛里？好像在哪裡聽過，但這東西不是有毒嗎？有能吃的部位？

似乎泡在水裡去除毒素之後就能吃了。不過，就算經過處理，還是會肚子痛。

「畢竟只是肚子痛，不會拉肚子。多少還是能充飢。」

…………

似乎是很慘烈的飲食生活。

山精靈們的料理，則是烤亞里沙奇毒蜥蜴。

…………

亞里沙奇「毒」蜥蜴，名字裡就有毒耶？一樣先把毒素去掉嗎？

她們好像沒這麼做。而且，這玩意兒當然有毒。

中了這種亞里沙奇毒蜥蜴的毒，似乎只會昏倒，不會對身體造成影響。而且不是一吃就昏，即使昏倒也只要過一小時就會醒來，所以她們當初好像是錯開用餐時間。

中毒會有麻痺感，吃完之後沒辦法好好說話——儘管山精靈們說的時候在笑，眼神卻表明她們再也不想吃那玩意兒了。

嗯，今晚就多吃點好吃的東西吧。

鬼人族女僕們得到露的庇護，所以不用為吃飯發愁。

然而來到這個村子之前，她們的料理方式基本上只有烤或煮，味道可想而知。

「當時我們對於味道沒什麼不滿……但是和現在做的料理相比，味道實在太平淡了。我不想回歸當年那種味道。」

原來如此。

話說回來，今天的晚餐……

「用不著村長開口，我們會好好展現手藝。」

謝謝。

儘管蜥蜴人和哈比族得到天使族庇護，吃東西好像都是自給自足。

這算是庇護嗎？

「與其說庇護，不如說比較像從屬種族。如果蜥蜴人和哈比族有難，天使族就會趕去幫忙。」

蜥蜴人達尬這麼為我解釋。

「那個時候，我們都是在河川、池塘或湖泊抓魚吃，不過偶爾會有年輕人被帶毒的魚刺到，然後被水沖走。哈哈哈哈哈。」

我覺得這沒什麼好笑的耶……

哈比族呢？

「我們是吃樹上的果實。只不過，我們能吃的果實種類有限，尋找那些果實要花不少力氣。」

能吃的果實種類有限？
「對，人類能吃的果實，我們不能吃。」
這話是什麼意思？
蒂雅幫忙補充說明，解答我的疑問。
「人類國家基本上排斥亞人，只容許受到天使族庇護的種族生存。」
然而，就算受到天使族庇護，也不代表他們能夠自由生活，所以為了減少和人類的摩擦，他們會避開人類的食物。還真辛苦。
「在這裡能夠和大家吃一樣的東西，真的很幸福。」
這樣啊、這樣啊。你們可以儘量吃喔。
至於獸人族……
我知道「好林村」的生活是什麼樣子。
雖然知道，我還是問了。因為格魯夫、加特和賽娜看起來很想說。
…………
呃……我不知道你們從哪裡聽來的，但大家不是在炫耀吃過哪些難吃的東西喔。
這天的晚餐比想像中還要豪華，孩子們十分吃驚。不，不是慶祝。只是對日常食糧心懷感謝的結果……類似這樣吧。別在意，坐下吧。

來，大家吃飯吧。我要開動了。

9 腳的數量與半人蛇族的新工作

山精靈們做出多腳魔像。

「因為用四隻腳站立比用兩隻腳站立來得穩。」

確實如此。

這……是以牛為原型嗎？

「是的。目的是運送貨物。」

原來如此，應該有發揮空間。

隔天。

改良過的多腳魔像從我眼前走過。

「六隻腳比四隻腳來得穩對吧。」

嗯，是昆蟲型吧。這也是載貨用？背部平坦，是因為貨物要放在那裡嗎？

四隻腳的牛型，需要像讓牛載貨一樣把貨物捆在上面，所以這種款式看起來更容易使用。

再隔天。

出現了經過進一步改良的多腳魔像。

「八隻腳鐵定比六隻腳好。」

這是以座布團為原型對吧。

「是的。還搭載了能夠像座布團大人那樣吐絲的裝置。呵呵呵，運貨的同時也可以護衛村長……」

山精靈才如此說明到一半，八腳魔像就被看守宅邸大門的紅裝甲和白裝甲給毀了。瞬殺。

然後，紅裝甲和白裝甲對我們比著手勢，就像在說：「這是意外，怎麼了嗎？」拍拍山精靈的肩膀後離去。

…………

不能威脅到人家的存在意義。我學到了這點。山精靈們應該也學到了吧。

第一天的四隻腳牛型魔像遭到牛群破壞時，就該注意到。

從此以後，村裡規定魔像的腳只能是兩隻、六隻，或者十隻以上。

我坐到座布團背上，在村裡散步。

儘管我說要自己走，座布團難得撒嬌，我也只好答應。嗯，畢竟常坐在座布團背上的烏爾莎不在嘛。或許座布團也覺得很寂寞吧。

嗯？怎麼啦，孩子們？我坐在座布團背上很稀奇嗎？

座布團，換成孩子們坐上來怎麼樣？我也可以繼續坐？

…………撐不住要說喔。於是我和孩子們一起坐在座布團背上，繼續散步。

想和我一起坐在座布團背上的孩子越來越多，因此體型比較大的座布團孩子們也參加，形成小有規模的隊伍。偶爾來次這樣的散步也不錯吧。

中午。

我面前擺了一個罐頭。是「四號村」生產的罐頭。

「四號村」的前身太陽城，具有製作罐頭的能力。先前主要用來保存經過加工的調味料，不過也有研究該如何長期保存水果。眼前的罐頭，想來就是研究成果吧。

我用開罐器慢慢打開它，將內容物倒在盤子上。

罐裡是三塊已經去皮、剖半，而且拿掉果核的桃子，同時加上了大量的糖漿。旁邊觀眾們也發出小小的歡呼。

這個罐頭，其實是兩年前做的。看起來沒有壞，水嫩多汁。

再來是味道……我正想試吃，鬼人族女僕們卻喊停。

然後，那盤泡在糖漿裡的桃子，端到了妖精女王面前。

妖精女王毫不遲疑就叉起桃子，送進嘴裡。

「……好吃！」

現場爆出盛大歡呼。特別是「四號村」的貝爾、葛沃和庫茲汀，顯得格外高興。

雖然每天能製造的罐頭數量還是不多，應該算是很大的進步。畢竟以前只是把橘子連皮丟進罐頭裡嘛。運輸時的撞擊，會導致橘子爛掉或腐壞。

此後，大家做了很多努力。像是把水果泡在糖漿裡減輕撞擊影響，以及想辦法把造成腐敗的空氣從罐頭裡排除。

成品就是眼前這個罐頭。真是了不起。

我心滿意足地點點頭，準備拿起另一罐，卻被妖精女王攔住了。

「那個壞掉了不能吃。要開的話，拿它旁邊的。」

…………

不用開罐也知道裡面的樣子？這樣啊、這樣啊。

拿來的罐頭總共十個，其中有三個壞了。貝爾、葛沃和庫茲汀顯得很沮喪。

雖然扯上食品就會希望做到完美，才剛開始就要求完美未免太強人所難。唉呀，反正有七個成功了，應該能透過今後的研究慢慢改善。一定沒問題。加油吧，我期待你們的表現。

還有，我想麻煩妖精女王幫忙檢查。嗯，畢竟不用開罐也能知道裡面的狀態非常方便。

甜食專用？這樣也綽綽有餘。報酬就是罐頭的內容物。

「大樹村」和德萊姆巢穴的物流，是透過半人蛇族運輸，通稱半人蛇貨運。

兩地之間雖然有簡易傳送門相連，我並不打算停止半人蛇貨運。不過，明明有簡單的往來手段，卻不加以利用而慢慢走過去，好像也不太對。

檢討之後，決定廢除「大樹村」與德萊姆巢穴之間的半人蛇貨運。

半人蛇族強烈希望能提供其他工作代替。放心，就算妳們不講，我也會安排其他工作取而代之。畢竟廢除貨運的原因在我們這邊嘛。

我安排的工作有兩種。其一，到德萊姆巢穴當警衛。

不過嘛，雖說是警衛，由於幾乎沒有入侵者，似乎只是形式如此。實際上，應該是去陪德萊姆巢穴那邊的人對練。如果總是和同一批人交手，好像會導致戰鬥方式太過隨便。

德萊姆的管家古吉看見半人蛇族在武鬥會上的活躍之後，強烈希望能夠邀請她們前去。報酬和往常一樣是「大樹村」的作物，若有需要也可以準備魔王國流通的貨幣喔。

另一種，則是在「大樹村」幫忙。

關於這部分則是一直以來的收成、幫忙釀酒與警備迷宮等，這些工作的延伸。主要是守衛果園，以及採收、加工水果。

果園區的警備原本交給小黑的子孫們與座布團的孩子們，不過，我想把負責果園區的小黑子孫們調去別處，空缺則由半人蛇族補上。怎麼樣？

對於我的兩項提議，半人蛇族都接受了。謝謝妳們。

然後，在遠處看著我們的巨人族。嗯，古吉也有邀請你們。一樣是擔任訓練的對手。

還有，「二號村」的半人牛族也希望有人幫忙農活。

「二號村」的養蠶業勉強算是上了軌道，所以他們計劃要擴張，但是農活也不能丟下嘛。嗯，因為也開始種植提供蠶飼料的樹了，有很多事要忙。能拜託你們嗎？喔，不需要急著回覆。不用急喔。不必決定得那麼快。知、知道了。嗯，加油吧。

不過這麼一來，「南方迷宮」和「北方迷宮」也用短距離傳送門連通好像會比較方便耶。

啊，這種事不能想到就做，先和露、半人蛇族長和巨人族族長商量過再說吧。

10 居民無胖子

「大樹村」的小黑子孫們從事好幾種工作。

這些工作當中，果園區的警備也包含在內，但是這項工作好像不太受牠們歡迎。因為警備工作必須打倒入侵的外敵，卻因為要避免傷到果實和樹木而不能使用魔法；此外也不能踢樹木或撞樹木，導致機動力大減；再加上果園區的花香和果香會干擾嗅覺。簡單來說，小黑的子孫們不適合把守這個地方。

我最近才注意到這點。就算我說警備工作完全交由小黑的子孫們自主，恐怕也像是在找藉口吧。真抱歉。

於是，決定由半人蛇族取代小黑的子孫們守衛果園區。

「這片果園區，我們絕不會讓任何人出手！」

雖然各位半人蛇族看起來幹勁十足，會安排一段試用期，所以不要勉強。如果覺得不適合，就直說無妨。

還有，希望妳們和同樣守衛果園區的座布團孩子們以及兵蜂好好相處。座布團的孩子們基本上負責樹木與上空；兵蜂則在果園區內見機行事。

各位半人蛇族若能幫忙規劃一下妳們自己的警備體制，那就再好不過。我不會要求各位和小黑子孫們做一樣的事，請用符合種族特性的方式守衛。

對了，短期內還是會有幾隻小黑的子孫們留在這裡，不用那麼緊張也無妨。那麼，交給各位嘍。

「是！包在我們身上！」

…………

嗯，反正除了果園區以外，還有許多小黑的子孫們在「大樹村」外圍巡邏，所以果園區裡難得才會發生戰鬥。

我起先有點煩惱要不要告訴她們這件事，不過與其讓她們因此鬆懈，我寧願她們工作時多少有些緊張感。

我帶著半人蛇族到果園區，順便看看蜂群的狀況。

近來建造蜂舍的事都交給高等精靈們了，數量變得相當多呢。

而且，大概是因為正值活動頻繁的時期吧，能看見許多工蜂出入蜂舍。

嗯，不需要因為我來就停止活動喔。別在意，和平常一樣……

嗯？居然會排成文字，真聰明。

呃………喔，那隻女王蜂正在努力減肥，希望我誇牠幾句是吧？交給我吧。嗯，我知道。我和那隻女王蜂也認識很久了，誇獎時會拿捏尺度，避免牠得意忘形。

記得那隻女王蜂因為胖到出不了巢，兵蜂們成天說要放火，藉此威脅牠減肥對吧？

雖然胖不是錯，希望能避免影響到日常生活。肥胖乃是其他疾病的根源。

就這方面來說，「大樹村」的居民裡胖子很少。

………

咦？矮人雖然看起來有點胖，我聽說那是種族特徵。扣掉矮人，頂多就是半人牛族和巨人族多了點肉。與其說胖子很少，不如說根本沒有胖子？

這是怎麼回事？這世界的人都不易發胖………不，「五號村」和「夏沙多市鎮」還是有胖子，就連女王蜂都會肥胖，想來算不上不易發胖。

既然如此……難道說這個村子的食物營養價值太低……

「我們對於村裡的飲食很滿足。村長好像因為大家吃不胖而擔心，但那是因為村民們經常在活動，像是訓練、狩獵和木工等，不會長出多餘的肉。」

回到自家後我詢問達尬，他笑著這麼回答。

這樣啊，不是營養價值太低就好。不，反過來說這表示都消耗掉了？我說休假可以自己安排，是不是反而讓人難以休假？

是不是由我開口要大家休假比較好？

「不不不，沒這個必要。這代表現狀足以讓我們都能維持健康的身體。」

既然達尬這麼說，那我就安心了。

不過，這樣啊。村民們總是在活動嗎？這麼一說的確沒錯呢。

高等精靈們會去打獵、獸人族女孩們在牧場區忙進忙出、鬼人族女僕們在宅邸裡工作得比任何人都勤奮，就連山精靈們也不會缺席農活。

…………咦？文官少女組呢？她們雖然也在工作，基本上都坐在桌前，沒怎麼活動。

「因為我們有在努力。」

詢問文官少女組代表芙勞之後，她笑著告訴我。而且，那張笑臉讓人感受到壓力，她在暗示：「不要多問。」

於是我結束這個話題。結束歸結束，但我還有一件事想確認。

貴族似乎給人越胖越富有的印象耶……

「在人類國家好像有這種風潮，但魔王國看重實力，所以無論男女，都要求有一副能夠戰鬥的肉體。所以，肥胖的身軀不太受歡迎。當然有些越胖越有地位的種族是例外……但在王都周邊看不到。」

原來如此，我明白了。

稍微冷靜一下吧。深呼吸。吸～吐～

總而言之，村民的健康和飲食都沒問題，該休息時也有好好休息。

育兒方面有周圍的人協助，不需要一個人煩惱。所以，我不需要急急忙忙地去做些什麼。

好，喝茶吧。

呼，茶真好喝。

還有，不知何時冒出來的拉絲蒂也一起喝著茶。雖然理由和我不一樣，她看起來也氣定神閒。

不久之前，拉絲蒂還打算自己一個人解決女兒拉娜農的大小事。就連貼身照顧拉絲蒂的布兒佳和史蒂芬諾，拉絲蒂也不太讓她們接近拉娜農。

當然，身為父親的我也想幫忙，卻被她婉拒了。如果不是萊美蓮告訴我生第一胎的龍幾乎都會這樣，我大概會非常沮喪吧。

不過嘛，拉絲蒂懷上第二胎庫庫爾坎之後，對於拉娜農的執著就沒那麼嚴重，比較會找布兒佳、史蒂芬諾以及我幫忙了。德萊姆和葛菈法倫則在確認到這種跡象之後才來照顧拉娜農，我是不是該對他們抱怨幾句呢？雖然他們幫了不少忙。

然後，拉絲蒂在庫庫爾坎出生之後，儘管對於拉娜農和庫庫爾坎還是有些執著，已經願意把孩子交給德萊姆和葛菈法倫帶了。

基本上，拉絲蒂會等太陽下山才去顧拉娜農和庫庫爾坎。太陽下山之前，則會做村民的工作。

「村長，趁著喝茶喘了口氣，我們來談談工作的事。『五號村』周圍的村子似乎有魔獸出沒，造成家畜損失。」

解決「五號村」周圍的魔獸，應該是冒險者們的工作吧？

「話是這麼說沒錯，不過魔獸似乎數量眾多，連冒險者們也陷入苦戰。這樣下去冒險者公會可能有人會跑來哭訴，所以陽子小姐想在那之前採取行動。」

原來如此。所以才希望我把格魯夫和達尬派去「五號村」。

「陽子小姐說，如果他們不行，換成人在王都的戈爾、席爾和布隆也無妨。」

雖說有短距離傳送門，我還是不忍心為了這種事把戈爾他們叫回來。

我去問問格魯夫和達尬，如果他們沒辦法就我去。

「……村長去嗎？」

不行嗎？既然是「五號村」周圍的魔獸，應該不怎麼強吧？

「是這樣沒錯……那麼到時候，我也會陪村長過去。」

也好。難得和拉絲蒂一起出去，就這麼辦吧。不過嘛，前提是格魯夫和達尬都回絕啦。

他們應該不會拒絕。

我原本這麼以為，格魯夫和達尬卻拒絕了。

怎麼啦？兩個人身體都不舒服？不，格魯夫也就罷了，我剛剛見到達尬時還沒問題吧？話說回來，你們為什麼不正眼看我？我後面？

拉絲蒂，不要強迫人家拒絕！

閒話　討伐勇氣野豬

我是以「五號村」為據點的冒險者。名字……算了，不用記無妨。

我所屬的團隊，不久前接到了討伐魔獸的委託。地點在「五號村」周邊的村落，魔獸似乎造成了農作物和家畜的損失。

目標魔獸是勇氣野豬（Brave Boar）。而牠是怎樣的魔獸呢？講得簡單一點就是野豬類魔獸。強度……大型的相當棘手，中小型的倒還好，只要是有稍微鍛鍊過的冒險者就不成問題。當然，我也對付得了。

只不過，勇氣野豬有種「躲開強者、衝向弱者」的麻煩習性。真的很麻煩。

舉例來說，假設有十個冒險者追捕勇氣野豬，如果冒險者都比勇氣野豬還強，牠就會逃跑。只要其中有一個弱者，牠就會朝弱者衝過去，即使強者就在旁邊也不在乎。

所以，照理說只要在弱者旁邊安排強者保護，就能簡單討伐……然而勇氣野豬基本上會團體行動，所以常發生人手不足無法保護好弱者的狀況。這種魔獸真的很麻煩。

啊，不對。最麻煩的地方，在於要安撫我們隊上被勇氣野豬鎖定的戰士。放心，你不弱。一點也不弱喔～別理會勇氣野豬的判斷。沒錯，你擁有只屬於你的強大之處…………咦？要我舉例？呃…………

團隊面臨解散危機！該死的勇氣野豬！不可饒恕！

一回到睽違五天的「五號村」，就聽到有人大聲募集討伐勇氣野豬的成員。

我一邊聽，一邊把解決掉的勇氣野豬搬進山腳的肉舖。即使是小隻的勇氣野豬也有小孩子那麼重，所以出動一次能討伐的數量有限。

以我們團隊來說，小型的勇氣野豬一次能搬運五隻，大型的頂多兩隻。

雖然也能以討伐為優先，只割下用來證明討伐完畢的部位，但剩下的部分會成為魔物與魔獸的食物，有可能導致二次災害，所以不建議這麼做。更何況，勇氣野豬就算只是小型的也能賣不少錢。畢竟勇氣野豬的味道很好嘛。

收完貨款的我們，直接前往「五號村」的冒險者公會。

嗯？還真熱鬧耶。

我還以為出了什麼事，原來是勇氣野豬的團體討伐委託在募集成員。團體討伐啊？這麼做也有它的風險吧。

萬一勇氣野豬朝你衝過來，等於宣告你是這些團隊裡最弱的。雖然我告訴隊上戰士別在意勇氣野豬的判斷，牠的判斷其實很準。

至於報酬……不怎麼好呢。

雖然報酬會隨著打倒的隻數增加，每隻的討伐金額和個別委託一樣。不僅如此，打倒的勇氣野豬全都會被冒險者公會強制收購。自己拿去肉舖絕對能賣到更好的價錢。討伐期間由冒險者公會提供餐點倒是還不錯……但是為什麼這次募集特別熱鬧啊？除了這個團體討伐委託之外，明明還有更好賺的委託呀？難道還有什麼其他的報酬嗎？

有疑問就會想立刻找到解答，於是我找上待在冒險者公會裡的熟人詢問。

「因為是格魯夫先生委託的工作呀。」

……原來如此，我懂了。

格魯夫先生偶爾會像這樣提出委託。這種情況，名義上的委託人是格魯夫先生，然而真正的委託人是「五號村」的代理村長陽子大人。也就是說，這次的團體討伐，是陽子大人的期望。拜託我們的是陽子大人！

身為以「五號村」為據點的人，能當成沒看到這項委託嗎？不能！

我看向隊友，所有人都點頭。好，我們參加。

勇氣野豬團體討伐當天。

我們在人家指定的地點，等待勇氣野豬出現。這次的團體討伐，不是參加團隊分別行動，而是全員一起驅趕包圍，然後加以殲滅。

我原本覺得這麼多冒險者團隊參加，實在有點小題大作，不過這一回要對付的勇氣野豬群似乎超過一百隻。原來如此，難怪需要團體討伐。

「如何？」

聯絡員來到我們附近。

嗯？我還以為是聯絡員，結果是格魯夫先生。我下意識地向他敬了個禮。

「敬禮就免了。有問題嗎？」

「沒問題。只是有點無聊。」

「那還真是抱歉。我們收到驅趕人員的報告，得知已經發現野豬群了。雖然抵達這裡應該還需要點時間，不過可別大意嘍。」

「了解！……那個，可以問個問題嗎？」

「行啊，怎麼了？」

「那邊有一群人，他們是哪裡的士兵啊？」

和我們隔了段距離的地方有一群人，總數約兩百。其中還不少精靈，所以格外引人注目，但也有其他種族。這些人幾乎都沒有穿戴防具，令我很在意。

「那是來自鄰近村落的義勇軍。」

義勇軍？

「志願參加團體討伐的村民嗎？」

「沒錯。勇氣野豬帶來的損失，應該讓他們很不爽。這些人士氣高昂喔。當然，技術也是。畢竟要經過選拔才能參加。」

原來如此。

「順帶一問，後面是『五號村』的警備隊吧？那不是第一分隊嗎？」

我指向義勇軍後面的另一群人。

第一分隊是直屬於畢莉卡隊長的分隊，用來對付勇氣野豬實在戰力過剩。

而且，既然要參加團體討伐，為什麼不是以解決「五號村」周邊魔物與魔獸為主要任務的第三分隊來負責呢？

「第三分隊負責驅趕野豬。那邊的第一分隊……唉呀，你就別管了。應該不至於礙事才對。」

「我、我明白了……可是，如果不再往前站一點，會派不上用場吧？」

「如果他們不待在那個位置就麻煩了。」

「原來是這樣嗎？恕我冒犯了。」

「不，我才該道歉，沒辦法回答得明確一點。」

「不會、不會。啊～抱歉，我問題很多，但是請讓我問最後一個問題。」

「怎麼了？」

「那邊鋪草席野餐的情侶，不用趕走他們嗎？這已經不只是跑錯地方的問題，很危險耶？」

「啊～我想那裡應該是最安全的地方。所以絕對不要去趕人，也不准靠近。知道了吧？」

「咦？」

「知道了吧？」

「好、好的……」

「接下來這些話別外傳。你們被安排在這裡，除了實力之外，也是因為你們平常行得正。我相信你們喔。」

格魯夫先生說了好幾次：「我相信你們喔。」之後才離開。

到底怎麼回事？呃，一般來說，看見人家在那種地方野餐會士氣低落……

更何況，安全方面萬無一失的保證在哪裡？格魯夫先生不會只因為第一分隊在附近就講這種話吧？

啊，該不會那對情侶是餌？用來引誘勇氣野豬？

原來如此、原來如此。若是這樣，第一分隊安排在那邊就能理解了。要讓那對情侶當誘餌，但絕對不能讓他們受傷，應該是這樣吧。嗯，我懂了。好，接下來只剩討伐勇氣野豬！加油吧！

儘管我幹勁十足，卻怎麼也等不到勇氣野豬。

似乎是驅趕人員失敗，把勇氣野豬群往反方向趕了。嗯～總覺得心裡有疙瘩。

而且，一考慮到野豬群沿路造成的損害，就讓人過意不去。

嗯？隊友發出怪聲。怎麼啦？

怪叫的隊友指向天空。

天空？鳥群？不、不對！是一群飛龍！

而且，不是一二十隻。一百……不，有兩百隻。糟糕。我們身上是用來討伐勇氣野豬的裝備，沒帶對付飛龍的裝備。

而且，飛龍遠比勇氣野豬來得強。這種怪物一次來了兩百隻……

但是，不能慌。飛龍也可能只是路過。

啊，義勇軍舉起弓了。住手，你們想把飛龍引過來嗎！很好，格魯夫先生過去安撫那些舉弓的義勇軍了。不愧是格魯夫先生。

第一分隊顯得十分沉著，隨時能夠作戰。真可靠。

可是，對手在空中。從地面發動攻擊效果有限。

……我可沒放棄喔。

飛龍並未攻擊我們。然而，牠們也不是路過。

飛龍們把勇氣野豬的屍體放在格魯夫先生面前，堆成一座小山。這些野豬有大有小，數量很多。

該不會，那些就是我們原本要處理的勇氣野豬吧？還有，為什麼要堆在格魯夫先生面前啊？格魯夫先生也顯得很為難……

啊，飛龍們離開了。簡直就像落荒而逃。到底怎麼回事？完全搞不懂。雖然搞不懂，我們的工作好像結束了。

咦？要搬運勇氣野豬嗎？搬多少就視同討伐多少？而且，可以直接領取販賣所得的錢？請務必讓我們搬。

真是奇妙的一天。

順帶一提，這批由冒險者公會低價收購的勇氣野豬肉，好像免費發給遭受損害的村莊了。

早這麼說，我們就不會拿賣豬肉的錢了，真是的。

11 清理魔獸與野餐

早晨。

我和拉絲蒂一起前往「五號村」近郊。目的是清理魔獸。不，應該是旁觀人家清理魔獸吧。畢竟我不是主力嘛。

主力是在「五號村」募集的討伐隊。鄰近受到魔獸危害的精靈們也前來會合，大家都很有幹勁。討伐隊由格魯夫指揮。畢竟格魯夫在「五號村」很受歡迎嘛。即使我指名他，也沒人有異議。

相對地，倒是有人不知道為什麼會讓我來指名。我好歹也是村長耶……沒穿上派頭十足的服裝大概也是理由之一，然而最關鍵的地方在於知名度不夠。看來我得再努力一點。

這次清理魔獸行動，沒什麼可看之處。

我們鎖定的魔獸群，雖然進了討伐隊的包圍網，不知為何途中就往反方向逃了。而且是全力狂奔。

那些魔獸的習性是會往最弱者衝，所以大家沒想過牠們會逃跑，格魯夫等人也吃了一驚。

為什麼會逃呢？聽了魔獸的習性之後，我還以為牠們絕對會衝向我這邊。

因為拉絲蒂在旁邊嗎？一般來說，再怎麼有勇氣也不敢往龍的方向衝吧。

結果不是。逃跑原因在於我的氣味。

正確說來不是我的氣味，而是我身上小黑家族的氣味。因為出門前小黑牠們向我撒嬌，要我帶牠們一起來嘛。好像是那時沾到的氣味嚇到魔獸了。

嗯～以前從來不曾因為這種氣味把魔物或魔獸嚇跑，感覺很新鮮。不，或許還是有魔物或魔獸逃跑，只是我沒注意到。

…………

露和安偶爾會對我施放淨化魔法，是為了消除這種氣味嗎？改天找個機會問問看吧。嗯，畢竟這是個敏感的問題，必須先做好心理準備。

另外，關於「魔獸怕的可能不是小黑家族的氣味，而是龍身上的氣味」這部分，我決定不去思考。

無論如何，雖然鎖定的魔獸群落荒而逃，附近的飛龍們幫忙把牠們解決掉了，所以討伐完畢。結果我就只是和拉絲蒂出來野餐而已。

算了，拉絲蒂開心就沒問題。我也趁這個機會稍微放鬆了一下。

嗯？假如魔獸再努力一點，就能讓這段時間持續更久？或許是這樣沒錯，不過考慮到鄰近居民，還是得趕快清理掉……

喔，所以拉絲蒂才會瞪著飛龍啊？那些飛龍回去時都很害怕耶。改天再向牠們道歉和道謝吧。

還有，拉絲蒂，我們稍微繞一下再回家吧。

晚上。

回村後出了問題。原因在於我和拉絲蒂出門時的午餐。那是我做的便當。

當然，我早已料到其他老婆會針對這點抗議，所以做了很多一樣的菜留下來，讓她們當午餐。留是留了，量卻不夠。

為什麼？

唉呀，村裡所有人都要吃，當然不夠嘍。何況小黑和座布團牠們好像也想吃。

知道了、知道了。今天實在沒辦法，明天。明天大家一起去野餐吧。我們在外面吃便當。

隔天。

我帶著大清早起床和全體鬼人族女僕一起做的便當，前往村裡的牧場區。

該在哪裡野餐讓我煩惱了一段時間，不過能讓全員參加的地點只有這裡。儘管好像和平常的午餐沒什麼差別，這樣也不錯，很符合我們的作風。

我和馬、牛牠們打聲招呼，暫時借用場地。接著我挑了個適當的地方鋪草席，上面再多鋪一層白色野餐巾，確保一塊能放鬆的空間。

……

鋪遠一點也沒關係喔，大家就各自挑喜歡的地方鋪野餐巾吧。畢竟這裡是牧場區嘛，稍微拉開一點距離也不成問題。

全家都來參加的，和自己家人坐在一起就行了吧？反正便當人人有份。當然，小黑家族和座布團家族也有喔。

結果沒人坐到遠處。算了，沒差。發便當吧。

便當基本上是漢堡。

包括火腿漢堡、培根漢堡、雞蛋漢堡、番茄漢堡、雞肉漢堡、魚肉漢堡、豬肉漢堡、炸豬排漢堡和水果漢堡，種類繁多。

有時我會不小心喊成三明治，不過大家將「把餡料填進切開的麵包內」的料理稱為漢堡，所以這些叫漢堡。對了，夾牛肉的漢堡記得在牛看不見的地方吃。畢竟我做便當時還沒決定地點，抱歉。

飲料是裝在水壺裡的水和茶，沒有酒。因為是野餐嘛。

多諾邦，自己帶來的份要怎麼喝，隨你高興喔。

然後呢，考慮到只有準備好的便當可能不夠，我把廚具也帶來了。

雖然簡單了點，是戶外燒烤。

不過，這裡是牧場區，所以要避開一般肉類，主要烤海鮮。希望大家能好好享用這些蝦、扇貝和海螺。當然，也有烤蔬菜。

德萊姆，麻煩你顧一下火。基拉爾，把食材放到網子上。古隆蒂、古拉兒，記得要稱讚基拉爾。

喔，已經吃飽的孩子們，不可以自己跑太遠喔。還有，往前走一點就有廁所。去上廁所的時候偶爾會碰到山羊來擋路，所以不要憋到極限。如果山羊們實在太煩，就找馬或牛幫忙……有座布團的孩子們在，應該沒問題吧。

玩具也帶來了。要玩球嗎？這倒是無妨，但是還有人在吃，注意別給他們添麻煩喔。小黑的子孫們也一起玩吧。

這麼一來，指示應該給得差不多了。那麼，我也來吃飯吧。

看樣子，我的老婆們還沒吃，都在等我。啊啊，小黑、小雪和座布團你們也還沒吃，都在等我啊？真是抱歉。

那麼，大家悠閒地享受便當吧。

異世界悠閒農家

Farming life in another world.

Chapter,3

Presented by
Kinosuke Naito
Illustration by
Yasumo

〔第三章〕

昔日的空氣

01.王都　02.大樹村　03.德萊姆的巢穴
04.溫泉地　05.夏沙多市鎮　06.五號村
07.王都～村鎮～夏沙多市鎮～五號村
　短距離傳送門往返雙線
08.大樹村～溫泉地　傳送門單線
09.大樹村～德萊姆的巢穴　短距離傳送門單線
10.大樹村～五號村　傳送門單線

1 啟用

我把烤好的圓麵包切開，填進少許高麗菜絲和可樂餅，再淋上醬汁。

可樂餅漢堡完成。座布團把它吃掉了。

我把烤好的圓麵包切開，填進口味比較重的炒麵後，灑上薑片並淋上美乃滋。

炒麵漢堡完成。基拉爾把它吃掉了。

日前野餐時，沒空做可樂餅和炒麵導致無法準備這兩種漢堡，讓我耿耿於懷，因此我試著做了一些，看來座布團和基拉爾很中意。

我知道你們很中意，但是拜託不要人家剛做好就吃掉。這樣會失去成就感。

看見成品堆起來的樣子，能讓人產生：「原來我做了這麼多啊……」我知道了，你們吃吧。但是，不要全部吃掉。畢竟應該也有其他人想吃。像是沒辦法參加野餐的魔王。

魔王今天看來心情不錯。我想大概是短距離傳送門相關的問題擺平了吧。

抗拒短距離傳送門營運的幾個村落，背後牽扯到好幾間商會。據說那些商會以言語巧妙地引導各村的村長和村民，讓他們反對短距離傳送門營運，打著「我們會說服抗拒者，請讓我們也參與短距離傳送門事業」的如意算盤。

不抗拒設置，而是抗拒營運，這招還真惡劣……不，純粹是設置太快，讓他們來不及反應吧。

無論如何，王都的達馮商會揭發並毀掉了他們的企圖，使得短距離傳送門得以正式啟用——比傑爾心滿意足地如此向我報告。

我好歹也是短距離傳送門的出資者，能夠正式啟用當然歡迎。

這下子要往來王都就輕鬆多了。只要想要，就隨時都能和烏爾莎他們見面。這點很重要。

正當我為此事高興時，卻出了麻煩。

葛拉茲通勤是從「大樹村」移動到「五號村」，再利用短距離傳送門前往王都。

先前因為還在測試，通過短距離傳送門的等待時間幾乎為零。所以，從宅邸前往「大樹迷宮」的移動時間、「大樹迷宮」裡的移動時間，以及從連通「大樹村」傳送門所在的山頂陽子宅邸前往短距離傳送門所在的山腳需要的移動時間，三者合計就是通勤時間。我的體感大約是一小時。

然而，短距離傳送門正式啟用後，每道門通過時都需要辦理手續和進行檢查，會多出額外的等候時間，導致通勤時間大幅增加。我的體感大約是兩個半小時。這樣就不太妙了。往返要五小時。

儘管蘿娜娜告訴葛拉茲不必每天通勤，葛拉茲堅持「大樹村」才是他的家。葛拉茲甚至表示，如果沒辦法每天見到蘿娜娜，他寧可辭去軍職。

結果，比傑爾只好恢復傳送魔法接送。於是，治癒比傑爾成了芙勞和芙拉西亞最近的工作。

不過嘛，這樣下去比傑爾實在很可憐，所以我想了些解決方案。

首先，在陽子宅邸安排葛拉茲和蘿娜娜的房間，建議他們在那裡過夜。

蘿娜娜從陽子宅邸到「大樹村」工作，葛拉茲從陽子宅邸到王都工作。雖然會給蘿娜娜帶來負擔，蘿娜娜本人也期望如此。

然後，為了盡可能減少葛拉茲的移動時間，我想弄一匹半人牛族也能騎的馬。不過，目前還停留在拜託麥可先生幫忙找的階段，實際弄到似乎還得等上一段時間。

我能做的大概就這樣了吧。

剩下就得請魔王他們好好加油，建立讓軍屬人員能優先通過傳送門的機制。

…………

芙勞看起來有話想對比傑爾說。抱歉，忍耐一下。最早提出的解決方案，目前還在計劃階段。

這個方案，就是設置從「大樹村」迷宮直達王都的傳送門。

很遺憾，這部分還需要露的研究，有把握之前不能公開。畢竟讓人有錯誤的期待也不好嘛。

知情的頂多就是我、露、蒂雅、芙勞、安，還有座布團。啊，我們討論時就在旁邊的小黑和小雪應該也知道。

期待直達傳送門開通，也有部分原因是為了把黏著芙拉西亞的比傑爾拉走。

儘管碰上了葛拉茲這種問題，短距離傳送門正式啟用還是得到了使用者們的好評。

畢竟以前搭乘馬車要三十天的路程，現在只需要數小時。不止旅行商人，就連從未去過其他城鎮的人，也可以來趟小規模的觀光。

儘管王都、「夏沙多市鎮」和「五號村」開始多出這樣的觀光客，卻沒發生預期中的住宿設施缺乏問題。比起住宿，大家似乎寧可選擇當天來回。

這應該也是短距離傳送門免費帶來的效果吧。各地興建中旅店的老闆，似乎都一臉不安。

我也下了指示，要在「五號村」多興建幾家旅店……不過看來沒問題。

某天。

優莉、芙勞，以及文官少女組換上禮服，在宅邸大廳集合。

優莉打了個響指，芙勞接著打了個響指，文官少女組隨之跟上。然後，她們開始邊打響指邊移動。

嗯？

她們踩的不是什麼優雅步伐，反倒像是混混那種走路方式。就在我滿腦子疑惑時，優莉她們突然開始載歌載舞。到底怎麼回事啊？

不，我有印象。這是音樂劇。讓我不解的，是她們為什麼要練習這個。

我詢問一樣在旁邊看的安。

「優莉小姐她們接下來要去逛魔王國王都的慶典對吧？」

啊啊，確實是呢。

多虧了短距離傳送門，這裡和王都變近了。

於是，優莉想找文官少女組一起去王都的慶典，我答應了。畢竟文官少女組多數在來到「大樹村」之後就沒離開過嘛。

「聽說她們要在那邊表演。」

有人邀請她們在慶典上表演嗎？

「不，好像是因為貴族學園的畢業生不能被人家看扁。」

……………

我原本以為自己已經習慣這個世界了，看來還差得遠。世界上無法理解的事可真多。

順帶一提，人家也有邀我去王都逛慶典，但我婉拒了。日前出門那一趟等於是和拉絲蒂約會，所以其他老婆都在排隊等著。

今天輪到露。要帶著可樂餅漢堡與炒麵漢堡去哪裡好呢？

2 散步與寶箱

我帶著小黑和小雪，走在村子東側的森林裡。

沒什麼特別的目的，單純散步。就只是散步。

昨天傍晚，芙拉西亞來到我房間。

這很難得，因為芙勞去了王都，暫時不在村裡。如果比傑爾也不在，她就會來我這裡。當然，負責照顧她的荷莉也跟著。

芙拉西亞近來最喜歡做的事，就是摸小黑。而且不是普通地喜歡。所以，我忍不住開口問了。

——妳這麼喜歡摸小黑的肚子嗎？

芙拉西亞有些不好意思地回答：「因為牠很強壯。」這樣啊，強壯是吧？嗯，小黑的肚子確實也能算是強壯。

當時我一笑置之，但是晚餐過後，我從荷莉那邊得知衝擊性的事實。芙拉西亞說的「強壯」，就是「肥胖」的意思。

起先我不懂為什麼要拐彎抹角，一問才知道是為了避免傷害對方。原來如此。

不能讓小黑聽到。儘管我這麼想，卻和不遠處的小黑對上了眼。

……你聽到了嗎？

小黑歪著頭，一副在說：「什麼事啊？」這樣啊。那就好。

……啊，不行。小黑的腳步亂了。看來牠聽到了。

於是到了今天早上。

小黑來找我去散步。真難得。

但是，我沒有追究。也沒有多話。

可是，我心裡想著：「放心吧，沒有那麼胖。」呃，這個嘛，我確實也有這種念頭：「和小雪相比之下，肚子和大腿多了點肉……」

沒事，我們去散步吧。

就這樣，我們走在村子東側的森林裡……

但是沒遇到魔物或魔獸呢。

我原本想著東側不太常來，又和獵場有段距離，應該能讓小黑和小雪運動一下，才會選這裡……

結果一路上只有我用「萬能農具」把樹木和草叢耕掉。如果是平常，差不多在這種時候就會有兔子或野豬來襲了吧。

沒碰上魔物或魔獸的理由查出來了。

以我們為中心，小黑一和愛莉絲、小黑二和伊莉絲、烏諾和小黑三，以及小黑四和耶莉絲，牠們分別率領的團隊就護衛在周圍。

四隊各自都和我們隔了約一百公尺，所以我先前沒注意到。之所以發現，是因為前方開路的小黑一和愛莉絲那隊來不及把解決的獵物藏好。要收拾所有獵物又不傳出半點慘叫聲，畢竟還是太勉強了吧。

小黑和小雪看起來毫不驚訝，大概一開始就知道了吧。雖然考慮到小黑這一趟出門的目的，牠應該會拒絕孩子們的護衛才對。

咦？不是護衛？只是偶然地走在我們前面？

…………

唉，就算我說用不著護衛，小黑一牠們也不會乖乖回去吧。沒辦法。

小黑和小雪的運動就改為純散步吧。在平常不會來的森林裡走走也不壞，還能闢出一條新路呢。

小黑一，你們可以靠近一點喔。不過，注意別走在我前面。

我可不想在揮「萬能農具」時，不小心耕到你們。

我原本打算在森林裡隨便走走，找個適當的時間折返，結果發現一個箱子。

一個大到應該能把人裝進去的箱子。應該是金屬做的吧。看起來相當古老。證據就是周圍樹木的根纏在它上面，而且箱子幾乎整個埋在土裡。

要不是我偶然用「萬能農具」把附近的樹根給耕掉，根本不會發現。箱子乾淨得很不自然，是魔法還什麼的效果嗎？

怎麼辦？以前的我大概會毫不遲疑地把箱子挖出來，確認內容物。但是，現在的我不一樣。

畢竟露和蒂雅再三叮嚀我，別擅自打開陌生的箱子。理由是箱子可能有陷阱，所以嚴禁擅自打開。最好連碰都別碰。

不過，我還是很在意，所以用「萬能農具」把纏著箱子的樹根給耕掉了。既沒開也沒碰，沒問題。

可是仔細一看，這應該不是普通的箱子。

上頭有些裝飾，外觀也不是方形。箱蓋是半圓型。

也就是談起寶箱時，會聯想到的形狀。不，箱子不高，所以應該是珠寶箱？上頭還有鑰匙孔呢。

嗯～內容物令人在意。

如果把箱子耕掉，或許能確認裡面的東西，但某些類型的陷阱一樣有可能因此觸發。比方說毒陷阱，如果箱子裡裝滿了毒，把箱子耕掉的瞬間，毒物就會往外擴散；比方說傳送陷阱，會在判斷箱子空無一物的瞬間觸動魔法，把周圍的人一起傳送到別處。

看來最好別多事。

…………

小黑啊。

你剛剛沒聽我說明嗎？我知道你很在意箱子裡的東西，但是別企圖撞開它。

小雪，妳想用魔法做什麼？既然開不了，就把箱子連同裡面的東西一起燒掉？還真狂野呢。

嗯，畢竟原本埋在地裡，當成沒發現過也是一個辦法……不過我們都看它看了這麼久，把它燒掉未免太可惜。

聯絡村子，找會開這種箱子的人過來………咦？村裡有什麼人可能會開嗎？露和蒂雅做得到嗎？她們兩個可以調查箱子有沒有陷阱或魔法，不過要她們開鎖還是做不到吧？

不，慢著、慢著。雖然箱子上有鑰匙孔，並不代表上鎖了。更何況，落在這種地方的箱子會有什麼陷阱嗎？

單純的空箱？難道不會只是這樣嗎？

…………………

好危險！我差點就要去打開它了。不行、不行，這是什麼恐怖的魅力！雖然它可能是空箱，也有可能裝了危險物品！安全第一！

總而言之，先聯絡村子，告訴大家發現了神祕箱子。

閒話　不是長得像寶箱的魔物

我沒有名字，只是個有意志的箱子。保護收納物品的箱子。僅此而已。

聽完以上事實之後，請容我說一句話。

我不是長得像寶箱的魔物。請別把我和那種容量低落的魔法生物混為一談。

大概是因為有人撞我，我從漫長的沉眠中甦醒，力道相當大。不過，這點程度開不了我的上蓋。

假如想要打開我的上蓋，就拿鑰匙來吧。呵哈哈哈哈哈。

…………

我發現自己被非常恐怖的魔獸團體包圍了，該怎麼辦？該不會打開上蓋才是正解？咦？慢著，先等一下。

那隻想使用魔法的黑色魔獸啊，這麼做會連我的內容物一起燒掉吧？雖然說和內容物共存亡正合我意，這樣好嗎？妳難道不在意我裡面的東西嗎？很、很好，這就對了，那邊的人類，擋得漂亮。多虧你攔住牠。

雖然很感謝你出面攔阻，你是什麼人？那隻魔獸顯然比較強耶？你是馴獸師嗎？

嗯、嗯，算了。那邊的人類啊，我就允許你觀看我的內容物吧。不、不是把東西交給你喔，只能看。看過之後，你就能心滿意足地回去了吧？

儘管我如此送出意念，人類卻退開了。

他剛才明明很想靠近我，為什麼？

呃，這個嘛，直接離開是無妨啦。嗯，結果好就行了。

…………

馴獸師和那群魔獸，在距離我約五十個人類身軀（八十公尺）的地方停了下來。

雖然距離可以說相當遠，卻還是看得見我。

為什麼周圍明明是森林卻看得見？因為很不可思議地有一條筆直的路。而且這條路的終點就是我所在的地點。難道是通往我這裡的路嗎？

我周圍什麼都沒有，難道在我沉眠期間出事了嗎？還有，馴獸師和魔獸在那裡幹什麼？喔，吃飯啊？為什麼在那裡吃？

而且，還有更多魔獸聚集過來。看起來都是同一種，到底有幾隻啊？多得數不清了耶。

等了一陣子後，一批人來到馴獸師身旁，討論起某些事。

我聽力很好，即使隔這麼遠也聽得到聲音，但是他們同時開口，我根本聽不清楚內容。

不過，由於不時有人往我這邊瞄，看來是在思考要怎麼處置我。雖然希望他們能儘量溫和一點……裡面有神人族啊？有點不安。畢竟那些傢伙很粗魯，搞不好會和剛才的魔獸一樣用魔法攻擊我。

矮人可以期待。超期待。

矮人看似粗枝大葉，卻很喜歡工藝品。他們或許會向馴獸師提議用鑰匙開箱。

精靈……應該不用太在意吧。他們會把心力投注在感興趣的事物上，沒興趣的不會多管。

哦？看來討論完了。究竟會怎麼樣呢？忐忑不安……

看來是最糟的結果。

那些傢伙居然對我丟石頭。

他們想用石頭把我砸壞。哼，一群愚蠢的傢伙。不，該說他們聰明嗎？假如考慮到有陷阱的可能性，這種應對方法確實比較保險。雖然不可饒恕。

可是，以丟石頭來說會不會太遠啦？他們沒有從吃飯的位置往這邊移動，所以隔了五十個人類身軀的距離。石頭是丟不中的。

…………

呵哈哈哈哈哈哈哈，一群愚蠢的傢伙！

就在我這麼想的瞬間，某個物體高速從我旁邊掠過，然後打穿了我後面的樹木繼續前進。某個物體好像飛到了很遠的地方呢。嗯，不是「某個物體」。其實我很清楚。那是石頭。和人類拳頭差不多大的石塊從我旁邊掠過。速度快到我根本沒看見。沒有偏折。直線前進。

這種事有可能嗎？居然讓石塊一直線飛那麼遠？考慮到空氣阻力，軌道應該會產生變化吧？投擲的威力大到能夠無視這些？是誰？那個白白的女人嗎？那是什麼？龍？那個白白的女人身上有龍的氣息耶。啊，喂，馴獸師，別把下一塊石頭傳給她。

噫！

好、好危險。擦到了。剛剛發出「鏗」的一聲。真恐怖。

然後……不、不妙。她已經準備要投出下一塊石頭了。那個姿勢。

直覺告訴我會中。

「怪了？居然落空了？」

白白的女人歪頭。

「丟得真爛～」

旁邊有個女人挑釁白白的女人。別、別這麼做啊。啊，開口挑釁的女人是吸血鬼嗎？唔！吸血鬼性格扭曲可是出了名的啊。嘖，居然大白天就亂跑。

既然是吸血鬼，就該像個吸血鬼一樣晚上……白天能活動的吸血鬼，該不會是始祖系列？糟糕。是瘋狂探究者（Mad Curiousity）。那些傢伙為了自己的興趣會不擇手段。既然出現在那裡，代表她對我感興趣吧。

「真奇怪耶～我還以為會中。再一次。」

白白的女人又接下一塊石頭。還不放棄啊？真是的。

「可以確認一下嗎？」

白白的女人向吸血鬼說。

「怎麼了嗎？」

「那個箱子，是不是會躲開啊？」

「妳沒丟中在找藉口嗎？」

「這倒不是……總覺得它好像在動耶。」

「妳丟的是石頭，所以軌道變了吧？」

「或許是吧……村長，下一塊。」

……唔！

怎、怎麼辦？我剛剛拋下身為箱子的尊嚴躲開了，但是這樣躲下去好嗎？既然是箱子，不是該乖乖承受嗎？

…………

不行，好恐怖！

「躲開了耶。」

「嗯，躲開了。」

嗚嗚，我好想譴責軟弱的自己。

「也就是說，那個箱子是魔物嗎？」

啊～馴獸師啊，我不是魔物，是箱子。我是箱子啊。吸血鬼應該懂吧？我不是長得像寶箱的魔物。不是長得像寶箱的魔物。啊，溝通！我好想和他們溝通！可是箱子不會說話。我能表現自身意志的方法只有一個。但是，那和我的存在意義有關，不能這麼做！

所以，我不會放棄！既然如此，我就躲到最後一刻！我要撐到你們死心回去！

我原本這麼想，但是白白的女人稍微靠近了點。她走到大約二十五個人類身軀（四十公尺）的距離。然後擺出投石姿勢。

嗯，沒辦法。這種距離躲不掉。

我主動打開上蓋，表示願意投降。

3 箱子在看這裡

把發現神祕箱子一事通知村裡之後，我就待在和箱子隔了段距離的地方悠閒地休息。畢竟一看見那個箱子，我就想打開它嘛。

我隨便把棵樹砍了，弄成椅子坐下。嗯，小黑和小雪自然而然地占據離我最近的位置。

再來則是小黑一、愛莉絲、小黑二、伊莉絲、烏諾、小黑三、小黑四和耶莉絲牠們。

儘管我偶爾也會有這種念頭：「讓給年輕人如何？」不過小黑牠們應該有牠們的秩序吧。我不會去打亂這種秩序。摸頭時也要照順序來。

我就這樣和小黑牠們一起消磨時間，不久後應該是村子先遣隊的鬼人族女僕們抵達，還帶著幾隻小黑的子孫們當護衛。

鬼人族女僕們好像帶了食材和廚具過來。差不多是午餐時間了吧。小黑的子孫們也搖著尾巴期待。以前不吃午餐的小黑子孫們，現在也都會吃午餐了呢。

…………

這就是小黑發胖的理由嗎？不，發胖的只有小黑，小黑一牠們沒變胖。果然還是運動量啊……

就在我們享受午餐時，露他們來了。然後，還問我有關箱子的情報。

呃，我可以說明發現的經過，但是箱子的情報你們自己看不是比較快嗎？它就在那裡喔？危險？

呃，確實可能有陷阱……不是？存在本身就很危險？

首先，箱子在這裡的時間已經長到會被樹根纏上，卻沒有生銹。這點能看出它與魔法有關。

再來，它為什麼會在這裡？根據一些文獻的記載，可以推測「死亡森林」早在四千年前就已存在。

而且，「死亡森林」以前就是「死亡森林」。無論在什麼時代都是「死亡森林」。

出現在這種地方的箱子，充滿危險的氣息——臉色有些蒼白的露這麼告訴我。

「雖說和村子有段距離，考量到最糟的可能性之後，事情就變得很棘手。」

露所考慮的最糟可能性，是指箱子裡封印著古代的惡魔或龍。凶殘的惡魔或龍被封印在「死亡森林」之中——這樣的傳說似乎很多。

「不過，那些大半是創作喔。」

代表龍族的哈克蓮這麼說。

按照她的說法，人們常在故事結尾搬出「死亡森林」，把強過頭的敵人處理掉。原來如此。

或許就是因為這樣，大家才會過度恐懼「死亡森林」。聽完哈克蓮的這一番解釋，我鬆了口氣，露卻沒有。

「……大半是創作。也就是說，其中一部分是真的，對吧？根據以往的經驗，我總覺得會中獎。」

怎麼啦，露？妳這樣看起來就像抽籤前的魔王喔。

還有，怎麼啦，各位？為什麼要看我？

多諾邦，不要用認命的語氣說：「因為是村長嘛。」這樣會讓人不安耶。要不然，我們把那個箱子埋回去吧？雖然很在意箱子裡裝什麼，我不會為了開箱子讓大家不安。沒辦法？既然已經知道箱子存在，放著不管就是個壞主意？現場想辦法把它處理掉最好……有這麼嚴重嗎？

似乎有。總而言之，大家往「把箱子打開」的方向討論。

為了應付露所考慮到的最糟狀況，要把德斯、基拉爾、古隆蒂和拉絲蒂叫來。順帶一提，露所考慮的最佳狀況，似乎是長得像寶箱的魔物。

露表示，魔物也有魔物的難搞之處，之所以當成最佳狀況，是因為當場解決掉也不會留下任何後顧之憂。如果是古代的惡魔或龍，當場解決掉會留下什麼後患嗎？

好像會。我可不想碰到那麼多麻煩事啊。
話說回來，箱子上有鑰匙孔，有沒有人能檢查一下它是否上了鎖？
…………
看來沒人。
是不是從「五號村」冒險者公會帶個懂開鎖的人來比較好？抱歉，格魯夫，可以拜託你跑一趟嗎？
「呃…………村長，那個，如果要找懂開鎖的人，不該去冒險者公會喔。」
…………咦？是這樣嗎？
在我的印象裡，冒險者應該要會開鎖啊？
「擅自開鎖是犯罪行為，所以冒險者不會承接這種委託。」
…………的確。
咦？那麼在冒險途中發現上鎖的寶箱時，冒險者們會怎麼做？
「把箱子打爛。」
…………
原來如此。
「回歸剛剛的話題……如果要找會開鎖的人，就該去鎖匠公會。」
鎖匠公會？
還有這種東西啊？

「有。只不過，如果要委託鎖匠公會開鎖，必須把東西拿過去，恐怕沒辦法把人帶來這種地方。」

也就是說？

「我認為和冒險者一樣把箱子打爛是最佳選擇。」

這樣啊。這就是哈克蓮握著石頭的理由嗎？

大家開始對箱子丟石頭。

如果哈克蓮使出全力，只要砸中一發就夠了吧。唉呀，真可惜。是不是圓一點的石頭比較好啊？

我用「萬能農具」把大石塊修整一下，交給哈克蓮。

怪了？箱子會動？

「太好了！那是長得像寶箱的魔物！」

露很高興。也就是說，那個箱子是魔物嗎？哈克蓮？

喔，既然箱子會躲，那就走到躲不掉的距離是吧。加、加油。

看來一直沒砸中讓哈克蓮很不爽。

嗯？哈克蓮才剛擺出投石姿勢，箱子就自己打開了。

「露？那是怎樣？」

「會不會是投降了？」

「原來如此。啊，哈克蓮，停停停！對方已經投降了！別丟石頭！」

我連忙制止哈克蓮。

箱子在看這裡？不，它又沒長眼睛。

還有，露，這真的是長得像寶箱的魔物嗎？

「很遺憾，它沒有消化器官，看來不是。可能是個單純的箱子。」

單純的箱子會躲避石頭和自己打開箱蓋嗎？

「和魔法劍庫閣坦一樣呀。不是智慧劍，而是智慧箱。因為它不是長得像寶箱的魔物，而且裡面真的裝了東西。」

露從箱子裡拿出一本很大本的精裝書，興奮地說是魔導書。露，記得先確認東西是否安全。

還有，這個箱子。既然它是智慧箱，應該能對話吧？做不到？沒辦法溝通嗎？

喔，用開關箱子代表ＹＥＳ和ＮＯ嗎？

我把箱子蓋上，開口詢問：

「你願意和我們對話嗎？是就掀起箱蓋，不是就保持原狀。」

蓋子緩緩掀開。哦哦！

4 智慧箱

箱子對我的問題有所反應，不停開開關關。

好厲害。有點感動。

…………

然而，我還是冷靜地向周圍的人確認。

沒人按什麼按鈕吧？雖然以開玩笑來說這麼做未免太費工夫，所以我覺得應該不至於……嗯，看來沒問題。

不過，我雖然明白這個箱子具有意志，卻不懂為什麼需要這種箱子？讓箱子帶有意志，好像沒什麼意義啊？

即使詢問箱子，箱子大概也只能回答ＹＥＳ和ＮＯ，所以我問露。

「這種箱(智慧箱)子有兩個優點。」

露所說的第一個優點是防盜。

可以讓它認主，成為只有主人能開的箱子。原來如此。

另一個優點是整理。

「隨手把東西塞進去，箱子就會幫忙整理。」

哦～

「而且，如果是有經驗的箱子，會把主人需要的東西擺到容易拿的位置。」

還能做到這種事啊？真方便。

「對，所以智慧箱貴重而高價，而且這種尺寸有很多用途。從裡面的魔導書完全沒受損來看，它或許還有保存內容物的功能。」

露呵呵笑。大概是想讓箱子幫忙整理藥草吧。

…………我稍微想了一下。

「露，這種箱子的整理是怎麼做到的？」

「呃……我所知道的箱子，會把東西排得很整齊。如果把書放進去，箱子就會讓書背朝上方便拿取。對了，箱蓋開著時不行喔。如果不把蓋子蓋好，它就不會幫你整理。」

「隨便放些東西進去再把箱子蓋上，它就會幫忙整理，大概就是這樣吧？」

「沒錯。」

「什麼東西都會幫忙整理嗎？好比說食材？」

「照理說是這樣。」

露這麼回答的同時看向箱子。

箱蓋掀開。ＹＥＳ嗎？原來如此。

…………

我先確認箱子裡什麼都沒有。

然後拿「萬能農具」把生火用的柴薪削下一些木屑，放進箱子裡。露看不懂我在做什麼，靠過來想詢問理由，但是我要她稍等。畢竟失敗會很丟臉。

我把箱子蓋上，開口詢問：

「你能對話嗎？」

箱蓋開啟，木屑在箱裡排成文字。

『當然，主人。』

哦哦，成功了。這麼一來就能溝通了。

我正打算向露炫耀，她那沮喪的模樣卻連我看了都嚇一跳。是、是因為妳剛剛沒想到嗎？

…………露搖搖頭。看來不是。既然如此，那是為什麼？

露無視我的問題，把剛剛從箱子裡取出的魔導書拿到我面前。她翻開封面，亮出第一頁。

《飛毯的製作方法》

哦～原來能製作飛毯啊？露繼續翻頁讓我往下看。

…………

雖然大約有兩百頁，製作飛毯的方法只有開頭十頁左右，剩下看來都是飛毯的培育方法，或者說培育日記。不過嘛，我也沒仔細閱讀，或許會有出入。

我說完上述感想之後，露含著淚水說：

「回家之後，請幫我從第一頁開始翻譯。」

…………

啊啊！原來露看不懂魔導書上的文字啊！還有，她也看不懂箱子排出的文字！

我意識到文字之後，才發現魔導書上的文字和箱子排出的文字是同一種。

『我以為帝國惡魔文學還算有名耶～啊，不過魔導書基本上都有暗號，就算看不懂也很正常啦。』

箱子用木屑這麼寫著，但是看來完全沒辦法安慰露。不過，箱子毫不介意。

『飛毯就像是我的親戚。』

哦～

『運送我時也會用到……啊啊！我想起來了！』

想到什麼？

『運送我的飛毯，就是在這片森林上空把我甩下來的！』

那可真慘呢。傷勢還好嗎？

『不用擔心。我對自己的堅固程度有信心，而且區區一點小凹陷，過一段時間就會修復。』

這樣啊。那還真是可靠。

『多謝誇獎。然後，我還想到另一件事，當時掉在這裡的箱子不止我一個。』

嗯？

『包含我在內，總共有十五個箱子被甩下飛毯。』

…………十五？

『是的。』

全部都是智慧箱？

『沒錯。主人，不好意思，可以麻煩您幫忙尋找我的同事嗎？雖然不曉得我們被甩下飛毯之後過了多久，我希望能趕在為時已晚之前找到它們。』

為時已晚？

『儘管我們這種智慧型物品具有自我意識，長時間停止思考就會失去自我，變成普通的物品。我也是一直沉眠到剛剛才被撞醒，如果沒遇上主人，恐怕會就這樣變成普通箱子。』

原來如此，那麼得趕緊把它們找出來才行呢。

我把周圍的人喊來，開始尋找箱子。

十五個箱子。

一個在眼前，所以還剩十四個。要在這片森林裡把每一個都找出來應該很難，但是為了箱子，希望能儘量多找到幾個。

我原本這麼想，不過剩下十四個找起來卻出乎意料地簡單。小黑的子孫們找到可疑的地點，我再用

「萬能農具」把箱子挖出來，一再重複就好。

箱子們開開闔闔，看來重逢讓它們很高興。嗯，沒有任何箱子失去自我意識變成單純的箱子。真是太好了。

再來……就是怎麼把這些大到能裝人的箱子帶回去吧。

都牽扯這麼深了，也不能丟下它們不管。何況森林裡很危險。

雖說它們會動……速度好像快不起來。好，乖乖拜託龍族吧。

5 枯草

我回到家裡，和十五個箱子面談。

……面談？這個嘛，畢竟能對話，說是面談也行吧。

總而言之，我從一號到十五號，為箱子逐一編號。最先發現的箱子是一號。

我把號碼寫在木板上，立在箱子旁邊。再來就隨意……我會按照發現的順序，拜託別搶號碼。

咦？想要避開不吉利的號碼？哪一號不吉利？以一到十五來說，四、六、九、十三？還真多呢。

嗯？你分到不吉利的號碼也無所謂嗎？啊～我知道了。你們各自報上自己喜歡的號碼。只要能區別就好。

結果——

一號、二號、三號、四號、五號、七號、十號、十二號、十五號、十七號、十八號、二十號、二十一號、二十二號，以及四千零五十一號。

…………

只要沒重複就無妨。無妨歸無妨……

四千零五十一號的箱子啊，那個號碼有意義嗎？好比說你對這個數字有特別的回憶？不是？單純正常地挑了個號碼？

……這樣啊。正常地挑了個四千零五十一號是吧。我有點擔心你耶。呃，不隨波逐流有自己的個性，這是好事。不過，世上有所謂的趨勢。還有種東西叫做協調性。

老實地選二十三號，或者三十號，頂多來個九十九號，這樣不是比較簡單嗎？

『輕鬆度日對我來說沒有意義。我要用我自己的方式活下去……』

這樣啊，看來你意志堅定。那我就認可你的選擇吧，四千零五十一號。

畢竟我原本是因為寫號碼的板子塞四個數字很勉強，才希望你換個小一點的，頂多換個大一點的板子就好了吧。

啊，喂，別跟著說什麼「我也要」。你們的板子已經寫完了，認命吧。反正也不會一直用那個號碼稱呼你們。

好累。
不過，這樣還只有幫箱子編號而已。好戲正要上演時，鬼人族女僕過來通知我晚餐時間到了。
抱歉，吃飯時間休息。啊～箱子需要吃什麼嗎？
『我們可以藉由光、風和溫度之類的方式取得能量。』
『不過，如果能領到魔石，我們會很開心。』
『就算只是小顆魔石也行。』
原來如此。我在每個箱子內都放了一顆從林中魔物或魔獸身上取得的魔石。
『居然這麼大一顆！』
『真、真的可以吃嗎？』
別客氣。要再來一顆也行喔。
『再來一顆。多麼悅耳的語句啊。』
『我該侍奉的主人就在這裡。』
太誇張了啦。那麼，我先去吃晚飯，你們稍微等我一下。
『要等上幾百年都行。畢竟我們等過了。』
哈哈哈，別講這種忠犬臺詞。聽了會掉眼淚。
晚餐。

我一邊吃飯，一邊向大家詳細說明發現箱子的經過。露，吃飯時別讀魔導書。看不懂文字所以不算閱讀？只是單純看著它？別一直鬧彆扭啦。妳看，孩子們都在模仿妳了，把魔導書放到旁邊。吃完飯之後，我打算檢查一下箱子裡有什麼東西。妳有興趣吧？很好，那就好好吃飯吧。

話說回來，小黑。

你今天吃的量會不會多了點？這點分量不成問題？不，我不是這個意思……

我看向小黑的肚子，牠好像因此想起減肥的事了。剛剛還因為吃飯而搖得很開心的尾巴，此刻垂了下來。

我可不是要你別吃喔，只是提醒你別吃過頭。還有，酒。嗯，你有在喝酒吧？用專屬的碟子。可以喝酒喔。不過，同樣要注意別喝過頭了。知道就好。人家特地為你準備的晚餐和酒，白白浪費也不好。從明天開始努力吧。

我這麼說完，旁邊的小雪就生氣地要我別寵壞小黑。抱歉。

餐後。

我、露、蒂雅和安四個人檢查箱子裡的東西。一號箱裝著寫了飛毯製作方法的魔導書，其他箱子裝了什麼啊？剛才對話和放魔石進去時我稍微瞥了一下，但是很多東西都認不出來。

好，那就開始吧。

啊，一號箱在旁邊待命。希望你幫忙說明接下來要開的那些箱子裡裝了什麼東西。雖然問打開的箱子應該最快，在確認內容物時箱子開開關關有點麻煩。

那麼，打開二號箱看看。

裝滿了枯草。

箱子不是有保存內容物的功能嗎？既然如此，代表這些草本來就是枯的吧？

『主人，非常抱歉。我們雖然有保存功能，卻沒辦法停止時間的流動，要讓植物放上數百年都不乾掉實在很困難。』

一號箱幫忙解釋。

這樣啊。不，沒關係。二號箱，這些年來辛苦你了。

我蓋上二號箱，稍作思考。一號箱剛剛說數百年，那麼這些箱子究竟在森林裡待了多久？

我試著詢問一號箱。

『非常抱歉，由於長期處於睡眠模式，我們並不清楚過了多久。只不過，從周圍植物的成長狀況來判斷，應該過了數百年吧。』

是這樣嗎？

這時候，露舉手發言：

「從魔導書的文字樣式看來，我想大概是兩千五百年到三千五百年以前喔。」

原來如此。

沒辦法解讀文字，卻認得出樣式嗎？我在心裡提出疑問。或許以前沒看成文字，而是當成圖案記下來——我自己給了個答案。我沒多嘴把這些想法說出口。

雖然沒說出口，卻被露輕輕打了一下。該為彼此心意相通感到高興吧。

無論如何，箱子掉進森林裡至少是兩千五百年前。這麼一來，代表內容物也是兩千五百年前的東西，草會枯掉也是難免。

很遺憾，這些枯草只能處理掉……咦？底下有種子掉落耶？是這些枯草的種子嗎？在枯萎之前就結成果實，乾燥後只剩下種子之類的？種下去會長出來嗎？

畢竟是二號箱多年來慎重保管的東西，改天試著挑戰吧。

總而言之，先把種子好好保存起來。啊，二號箱幫忙收集種子了。謝謝。

6 箱子內容 前篇

好啦，下一個箱子裝了什麼呢？我打開三號箱。

這一箱裡裝了很多小箱子。

小箱子內有各式各樣的東西，不過好像都是煉金術調合用的道具。雖然有些東西在掉下來時撞壞了，露和蒂雅毫不在意地把它們全都留了下來。

妳們要拿去用倒是無妨，但如果有其他人也想用，要借給他們喔。

…………

雖說事到如今問這個好像有點晚，這些箱子裡的東西真的可以隨我處置嗎？撿到人家的遺失物應該送……也沒地方能送去啊？

更何況，如果至少過了兩千五百年，原本的持有者應該早就死了吧。不，倒也不一定。畢竟始祖大人和薇爾莎就活了兩千五百年以上嘛。

就在我煩惱時，安給了建議。

「我認為，將這些東西看做收成的作物就好。」

「作物？不是撿到的遺失物？」

「是的。就和在森林裡取得的草一樣。」

原來如此，這樣就行了嗎？

仔細一想，就類似冒險者在迷宮裡撿了物品之後當成自己的東西那樣，於是我接受了。

打起精神，繼續開四號箱。

這一箱裡裝了毯子和床單等布類物品。似乎是前任持有者平常使用的東西。

『都是些無聊的東西，非常抱歉。』

不不不，東西能在什麼地方派上用場，沒人會知道嘛。

話雖如此，斑點和汙漬很明顯，客套地說也算不上乾淨。老實說，根本不會想拿來用。質地也沒有很高級。雖然這些至少是兩千五百年以前的東西，或許會有歷史價值……

送進倉庫吧。

就在我這麼想時，座布團的孩子們一本正經地看著那些布類物品。

你們想要嗎？看來是。與其放進倉庫，不如拿來用比較好是吧？

我把布類物品交給想要的座布團孩子們。

「我想拿幾條當抹布……」

鬼人族女僕這麼表示，但是這麼做總覺得對箱子不太好意思。

『我不會在意啦。』

從四號箱不在意不吉利的號碼就看得出來，它不拘小節。

座布團的孩子們將幾條比較適合當抹布的交給鬼人族女僕。不好意思。

我打開五號箱。

這一箱裡，是裝在大瓶子裡的沙。很遺憾，瓶子差不多有一半破了。大概也是掉下來時撞壞的吧。該慶幸只破了一半嗎？

每個瓶子的沙好像都不一樣，但是破掉那幾瓶裡的全都灑進箱底混在一起了。

嗯？只要放進代替的瓶子或盤子，你就能把沙裝進去？恢復成混在一起之前的狀態？分得出來嗎？真厲害耶。

我把沒事的瓶子和破瓶子拿出來，放入數量和破瓶子一樣的盤子進箱裡。然後關上箱子……再打開來，發現分得很乾淨。哦哦，好厲害。

順帶一提，這些沙子是煉金術材料。

雖然要仔細調查才能確認種類，這些也由露和蒂雅保管……加特跳出來喊停。裡面似乎有些鍛冶用得上的東西。

原來如此，你們自己商量吧。

加特回答：「我知道了。」隨即找了多諾邦當友軍，開始和露與蒂雅兩人交涉。

我明白為了湊人數而呼叫援軍，但是為什麼要找多諾邦啊？因為懂鍛冶又能對抗露和蒂雅的只有多諾邦？的確。

東西怎麼分交給當事者們商量，我打開七號箱。

木材。不，看起來是折疊家具。

我把東西從箱裡拿出來，架好之後成了桌椅。這種方法能省下不少空間，讓我上了一課。而且東西很堅固，全都沒壞。這些東西就交給山精靈們吧，應該會提供一些不錯的刺激。

我打開十號箱。

裡面是許多根粗細不同的鐵棒，還有破掉的玻璃。從破玻璃來看……應該是組裝型的天文望遠鏡。

嗯，果然沒錯。還有像三腳架的東西。破掉的玻璃應該是物鏡吧。這是從旁邊看的那一型嗎？目鏡好像沒事。

至於裡面那一片反射鏡……啊，裂開了。真遺憾。

必須找「五號村」的工匠幫忙製作物鏡和反射鏡才行呢。

嗯？有備用物鏡？裡面的反射鏡也有？這兩個零件本來就容易壞？原來如此。放在這個保護箱裡是吧。哦哦，有好多備用的。還有備用目鏡……不對，是倍率不同的目鏡啊？這些東西光看就讓人興奮呢。

三腳架是魔道具，可以追蹤鎖定的星星？性能真高！我先試一下，如果不錯就給孩子們看。

正當我產生這種念頭時，不知何時出現的哈克蓮已經把組裝好的天文望遠鏡拿到外面，把孩子們叫過來看了。

因為今天沒什麼雲，比較容易看見星星？一開始先讓孩子們看月亮？兩個月亮長得不一樣，很有意思？喔……

…………

要說沒興趣是騙人的。

不過，十二號以後的箱子還在等我。此時一號箱為他們代言。

『沒關係，請主人去觀星吧。』
『等待就是我們的工作。』
『相較於被丟在森林裡的時間，這沒什麼大不了。』
你們——
……抱歉。我去看一下星星，馬上就回來。
檢查稍微暫停。
我去享受星空了。

繼續。
我打開十二號箱。
形狀扭曲的棒子……是手杖嗎？看起來像是魔法師用的手杖。上面還鑲著像魔石的東西。
這種東西……有三十根耶。好像都沒斷。
我打算交給露和蒂雅，不過她們似乎還在和加特商量，所以暫且保留。
我打開十五號箱。
有很多小箱子。
雖然和三號箱一樣，內容物應該不同吧？我試著打開幾個，刷子、毛巾、杯子、木盤、鞋子、手套和帽子？看來是前任主人的生活用品和服裝。

東西放在箱子裡所以很乾淨，但是都用舊了。不過，這條毛皮圍巾像是新品。難道剛買不久嗎？我好像沒見過這種動物毛皮，有些心動。

雖然想問露或蒂雅……她們好像還是沒空，所以保留。

安收下看起來還能用的餐具類，指示其中一名鬼人族女僕把它們洗乾淨。

我打開十七號箱。

裝滿了書。

詢問箱子後才知道，這些書似乎與煉金術或魔法無關，只是普通的休閒讀物。我倒是比較喜歡這種東西。

不過，書上的文字只有我看得懂，要是大家都來找我翻譯可就累了。

『如果能放幾本用現今通行文字寫的書進來，我學會後可以幫忙翻譯喔。』

…………做得到嗎？

『可以。雖然需要時間，但是做得到。畢竟我是有智慧的箱子。』

真可靠。

『不過，還需要準備用來寫下翻譯內容的紙、筆和墨水……』

這點小事就交給我搞定。期待你的翻譯喔。

『好的。請包在我身上。』
十七號箱精神奕奕地打開箱蓋回應。接著，其他箱子紛紛抱怨：
『你居然搶先接工作，太奸詐了！』
『翻譯我也做得到！』
『那傢伙以前就很擅長自我推銷。』
『待在森林裡這段時間，他也有書可看不會無聊。』
啊～大家冷靜。不可以吵架喔。
而且，我還有很多事打算拜託你們幫忙，不用著急。嗯，沒騙你們。
提前把工作分配給十七號箱是我不好。我本來打算先詢問你們各自的期望，再思考要把你們安排到哪裡。
『期望？』
『主人願意聽我們的期望嗎？』
既然要工作，當然是待在讓人有幹勁的地方比較好吧？
『哦哦哦！不愧是我們的主人！』
『我想一下要在哪裡工作。』
嗯，慢慢來喔。
畢竟我還得確認其他沒開的箱子裡面是什麼嘛。

7 箱子內容　後篇

那麼，開下一個箱子吧。

十八號箱。

這個箱子裡裝了好幾種呈現塊狀的礦物，大小都有。

按照種類和尺寸排得很整齊，是箱子排的嗎？一目了然，做得不錯喔。

而且，光是看見長條礦物像這樣排列得整整齊齊，就會讓人感到興奮。雖然我不知道這些是什麼礦物就是了。

這些東西應當交給露、蒂雅和加特吧。於是我託別人傳話，要他們討論完裝沙的瓶子之後也來這邊確認一下。

再來是二十號箱。

裡面是水晶。很多切割成相同形狀的水晶。

這些水晶也排得很整齊呢。看起來沒有破損的水晶。

都是可以拿在手裡的尺寸……怪了？我好像在哪裡見過這種水晶。

是在哪裡啊……想到了！萊美蓮交給伊雷的那個，也就是用來記錄攝影機拍攝影像的水晶！和那種水晶很像。

『沒錯，這些是用來記錄影像的水晶。』

哦哦，這樣啊。全部都是嗎？

『對，全部都是。』

有多少個？

『一共有六百二十七個。』

六百二十七個。

攝影隊只靠一個水晶就非常活躍，有這麼多，不就能期待他們有更進一步的表現嗎？

就在我想到這裡時，卻發現跑來看狀況的德斯和萊美蓮在說悄悄話。

然後德斯化為龍形態飛出去，轉眼間就從「四號村」把貝爾帶回來。速度還真快。

接著，貝爾確認起二十號箱裡收納的水晶。她用眼神和德斯夫妻交流過之後，這麼告訴我：

「很遺憾，這個……呃…………規格和伊雷使用的攝影機不一樣。」

…………也就是說？

「如果不準備符合規格的攝影機，就無法使用這些水晶。」

居然有這種事。

不，慢著。先別慌。

我看向還沒確認內容物的其他箱子。其中有裝攝影機的箱子嗎？

這麼一問之下，二十一號箱掀開了箱蓋。

『這裡有攝影機……不過，呃……那個……』

然而它欲言又止。該不會壞了吧？

『不，我想應該沒壞。那個，我裡面的攝影機規格恐怕也不一樣。』

貝爾確認過後，表示規格和伊雷的水晶與二十號箱裡的水晶都不同。好失望。

不過，要失望還太早了。

『我也有收納能夠對應這種攝影機的水晶。』

哦哦！確實有些形狀不太一樣的水晶。

『一共有五十三個。』

這些和攝影機擺在一起嗎？真是謝天謝地。如果把這些東西交給伊雷，他應該能好好利用吧。

正當我這麼想，德斯和萊美蓮在此時喊停。

「啊～不好意思，請讓我們確認一下內容。」

內容？

……這樣啊，既然是能夠記錄的水晶，代表它們可能已經使用過了。

「雖然應該沒什麼問題，有可能也記錄了對現今文明有害的內容，希望可以暫時交給我們保管。」

嗯～既然你們都這麼說了，那就沒辦法。我也不想留些危險物品在身邊。

喔，不需要補償。麻煩你們仔細檢查。

嗯？德萊姆的管家古吉不曉得什麼時候冒出來，正在確認水晶。原來是由古吉檢查啊？

古吉先確認二十一號箱的水晶，速度非常快。

「這些水晶裡記錄的是故事。內容……比較偏向喜劇，大部分是冒險故事和愛情故事。這個時代的人應該也能充分享受其中的樂趣。」

也就是說？

「這邊的五十三個水晶沒問題。」

很好！

啊，不過，既然已經記錄了內容，交給伊雷使用會不會有困難？

「並非所有水晶都已記錄到極限，所以還是能記錄在後面。而且，有攝影機就能轉移記錄內容。」

那就好。

古吉接著確認二十號箱的水晶。

我還以為他又要用超高速檢查，結果只隨便看一下就結束了。

「那個，關於二十號箱裡的水晶……」

古吉顯得有些欲言又止。這些水晶壞了嗎？

「壞倒是沒壞，可是……呃…………咳咳。」

怎麼樣？

「記錄的都是動物生態。」

…………

動物生態？動物學者的資料嗎？

我當下以為是這樣，結果古吉小聲告訴我真相。

「專門記錄有性別之分的動物生殖行為。」

…………

有性別之分的動物，舉例來說是哪些？

「像是人類或精靈。」

這樣啊～原來不是狗、貓或雞之類的。

「對。」

這些全部都是？

「對，全部。」

…………

六百二十七個，全部都是？

「六百二十七個，全部都是。如果有需要，我可以詳細說明內容。」

不，免了。

感謝你體貼地避免讓女性們聽到，幹得好！

雖然對二十號箱很抱歉，請將這些東西當成危險物品處理掉。

「這種規格有很多愛好者，現在可能還找得到攝影機。我會只把水晶的影像紀錄刪除。」

做得到嗎？

「因為是用魔法記錄，所以只要施加夠強的魔力就能清除。只不過，這種影像往往會施加一些無謂的強力保護，所以請給我一點時間。」

原來如此，那就交給你了。不得已的情況下，把它們打碎也無妨。

「是。」

古吉以恭敬的語氣向我道別後，走向德斯和萊美蓮。

說明就交給你嘍。

還有貝爾，看來妳也知道內容，不過……妳懂吧？別說出去。

好啦，打起精神看下一箱。

我打開二十二號箱。

…………

空無一物，什麼都沒有。雖然已經知道了，還是有點失望。

據說當初搬運時裡面還有東西，不過墜落時它嚇得把箱蓋打開，裡面的東西全都灑了出去。

沒關係，不用那麼沮喪。你已經反省很久了對吧？那就別一直放在心上。我期待你今後的活躍。

好啦，最後一個。

四千零五十一號箱。

裡面是……滿滿的魔道具。很多東西讓人難以想像它的用途。

這些也交給德斯和萊美蓮檢查。

不過嘛，有問題的物品應該沒那麼多……奇怪？德斯和萊美蓮臉色蒼白？還把古吉叫來商量？這種東西有一個、兩個、三個……啊，好像很多。

嗯，無妨。將它們封印吧。用不著什麼補償。趁著露她們還沒看到，趕快把東西藏起來。嗯，麻煩你們了。

剩下的沒問題吧？怪了？鑰匙串？這是什麼的鑰匙？

『是我們的鑰匙。』

原來如此，剛好十五支呢。

…………

那麼，你原本沒上鎖嗎？可是裡面好像裝了危險物品耶？

『當時都是些稀鬆平常的東西。』

原來是這樣嗎？

嗯，因為都是冰箱和吸塵器之類的生活家電吧？

無論如何，這麼一來箱子內容就檢查完畢了。
從內容物看來，大概是魔法研究者或技師正在搬家。關於這部分，之後再細問就好……
一號箱的內容令人介意。
為什麼那麼大的箱子，只裝了一本魔導書啊？魔導書雖然大本，卻不至於裝不下其他東西。如果是搬家，應該會盡可能多塞點東西進去吧？也就是說……
一號箱也和二十二號箱一樣，在墜落時把東西灑出去了嗎？
『沒這回事。不過，的確有理由。』
哦？
『當時除了魔導書之外，還裝了人偶。』
人偶？
『對，人偶。詳情我不曉得，但好像是用魔法製作的人偶。』
居然裝了用魔法製作的人偶。為什麼沒看到？
『因為它擅自跑出去了。』
…………
『當時，我拜託那個人偶回收我們，但它沒理我，而是直接走掉了。不可原諒！』
呃，這個嘛，既然沒辦法對話，被無視也很理所當然吧……人偶是你們剛墜落就離開嗎？

『非常抱歉，我也無法確定過了多久……只記得當時箱蓋雖然不能全開，要開還是開得了……』

既然如此，應該是很久以前吧。

我原本還在想，如果人偶在外面亂晃就要去回收，看來沒辦法。

題外話其一。

「我好像聽家父說過，大約兩千年前，有個人偶四處鬧事……」

德斯這麼小聲嘀咕。

既然是德斯的父親，也就是箱子們還在活動的時代嘍？活得還真久呢。

題外話其二。

「專門記錄有性別之分的動物生殖行為是吧～」

薇爾莎站在古吉旁邊。

「我可沒說謊喔。」

「我知道你沒說謊。只不過，我想聊聊登場的人物～」

「……說說妳要多少封口費吧。」

「能不能在刪除之前讓我稍微檢查一下？我想當成參考資料。」

「……唔！這不是我的東西，所以我無法答應這種條件。」

「唉呀，是這樣嗎？」
「但、但是，如果妳能幫忙刪除，或許會在作業時不小心看到。」
「呵呵呵……那好吧。」
「但是，這個、這個，還有這個不行。」
「沒關係，那個系列我也有。」
「……」
「要是沒有，就沒辦法聊登場人物了吧？」
「……薇爾莎女士，我有些事想和您談談，能不能麻煩您撥點時間給我？不會占用您太多時間。」
「我、我知道了啦，不要解放魔力。很恐怖耶。」

總結：
一號：寫著飛毯製作方法的魔導書。
二號：枯草，數量很多。
三號：煉金術道具，數量很多。
四號：布類物品，數量很多。
五號：裝在瓶子裡的沙，為數不少。
七號：折疊家具，為數不少。

十號：天文望遠鏡。
十二號：魔法師的手杖，三十根。
十五號：生活用品與服裝。
十七號：書（休閒讀物），為數不少。
十八號：塊狀礦物，為數不少。
二十號：記錄攝影機拍攝影像的水晶（B型），六百二十七個。
二十一號：攝影機（C型）；記錄拍攝影像的水晶（C型），五十三個。
二十二號：至少兩千五百年以前的空氣。
四千零五十一號：魔道具（當時的生活家電），數量很多；其他箱子的鑰匙。

8 箱子找工作

來到村裡的十五個箱子。
基本性能如下：
●具有意志。

箱子具有獨立的意志。而且，從先前的對話看來，應該相當聰明。

●能夠收納物品。

箱子理所當然該有這功能。

容量自然是箱子的大小。短邊一公尺，長邊大約一公尺又六十公分吧？高度含箱蓋大約八十公分。

好像沒辦法容納比箱子還大的物品。

●能夠保存收納的物品。

好像會變得非常不容易劣化。類似真空保存那樣的感覺吧。

所以不能放活物進去，或者該說把大到一定程度的活物放進箱裡就會失去保存功能，變得和普通箱子一樣。

即使小孩或動物不小心躲進去也很安全，這點值得高興。

●能夠整理收納的物品。

雖然需要關上箱蓋，箱子能自由自在地排列箱中物品。

整理時，即使物理上無法移動的東西也能搞定，再次讓人感到魔法真厲害。

啊，厲害的是箱子吧。真抱歉。

●箱蓋會自動開關。

箱子能夠自己開關與上鎖。

如果在箱蓋上繫個鈴鐺，就能簡單地發現箱子在呼叫，或許是個不錯的主意。

大概是這種感覺吧。

再來就是每個箱子都有擅長、不擅長、喜歡，以及討厭的事。所以，最好不要因為都是箱子，就分配同樣的工作給它們。儘量符合箱子的期望應該比較好。

因此，取得箱子的隔天，我就安排箱子們參觀村子。

就算我打算聽從箱子的要求，它們也不知道村裡有哪些工作。

不過，它們的尺寸不算小，所以我請個頭壯碩的半人牛族與巨人族協助移動。

我沒辦法陪著每一個箱子，所以讓箱子們帶著寫了「是」、「否」等簡單詞彙的木片。這麼一來應該就能溝通了吧。如果有問題再改進。

…………

嗯？山精靈們聚在一起做什麼啊？

裝上四個大車輪的木板……臺車嗎？箱子們專用的臺車？把箱子放上，箱蓋搭在這塊板子上？利用箱子開關箱蓋的力量前進是嗎？做得真好。而且，速度相當快。很厲害喔。

所以說，轉換方向要怎麼做？還在研究。剎車呢？也還在研究。

嗯，畢竟箱子只能開關箱蓋嘛。想要轉換方向或剎車大概有困難吧。原來如此、原來如此。

最後，對於撞牆的箱子，妳們有沒有什麼話要說？

「應該在前面裝上緩衝材料才對。」

請妳們老實地道歉。

三天後。

箱子們的參觀順利結束，過程中只有追加幾個詞彙。參觀之所以會花上三天，是因為箱子們的好奇心比想像中還要強。

然後，接下來原本打算來個面試……不過已經有箱子決定好工作地點了。

首先是十七號箱。

它希望以翻譯工作為主，所以決定到文官少女組那邊。

再來是三號箱、四號箱、五號箱和二十號箱。

這四個箱子，決定在宅邸的廚房工作。管理廚房的鬼人族女僕們起先聽到要在廚房擺箱子面有難色，但在箱子們展現自己的能力之後就改觀了。

『我們可以將麵粉等粉末篩得很完美，不讓它們結塊。』

『攪拌也能做得很完美。』
『可以配合調理步驟遞上需要的廚具或食材。』
『放在箱子裡的菜可以保溫。』
鬼人族女僕們已經迎接這四個箱子加入廚房，看來沒打算放手。
十號箱被露說服，決定留在她的研究室。
我原本以為她要讓箱子管理魔道具等物品，結果好像是要箱子幫忙做研究。
蒂雅和芙蘿拉也有很多事要拜託十號箱？這是無妨，但是別勉強人家喔。
二十一號箱決定去「二號村」。
它在半人牛族搬運時聽聞「二號村」的事，表示想在那裡過收納物品的生活。
同樣地，讓巨人族搬運的二十二號箱，聽聞巨人族的事之後希望能去巨人族所在的「北方迷宮」。
巨人族們原本不好意思接受，但是我答應了。順應箱子的期望比較重要。
十二號箱希望設置在「大樹迷宮」內。
它好像想要保管豆芽和菇類。儘管有點怪，收納什麼東西對於箱子來說好像很重要。裝這些東西沒什麼問題，所以我答應了。
大概就像這樣。
還沒決定的有一號箱、二號箱、七號箱、十五號箱、十八號箱，以及四千零五十一號箱這六個。

啊，十八號箱好像決定去薇爾莎那裡了。

對她在「五號村」的創作活動有興趣？這倒是無妨……啊～呃…………薇爾莎寫的是那種東西喔……既然你清楚就無妨。

然後，四千零五十一號箱。

你要去山精靈那邊啊？剛剛沒看見二號箱撞牆嗎？看到了還是想去？

既然山精靈們願意接受，那就這麼辦吧。四千零五十一號箱交給山精靈們。

再來是一號箱、二號箱、七號箱和十五號箱。

目前有幾個地方表示想要你們。

「一號村」、「三號村」，還有半人蛇族所在的「南方迷宮」。

我想「一號村」與「三號村」應該不是因為二十一號箱去了「二號村」才這麼做啦……

二號箱、七號箱，你們願意去嗎？很好，那就拜託嘍。

那麼二號箱去「一號村」，七號箱去「三號村」。

然後，十五號箱。

你要去「南方迷宮」？知道了。我會叮嚀她們別太粗魯。在那邊要好好過喔。

最後剩下一號箱。

我明白了。就把你放在宅邸大廳吧。

暫時先讓你負責收納孩子們的玩具，有什麼要求就說一聲。

總結：

一號：「大樹村」宅邸大廳。

二號：「一號村」。

三號：「大樹村」宅邸廚房。

四號：「大樹村」宅邸廚房。

五號：「大樹村」宅邸廚房。

七號：「三號村」。

十號：「大樹村」，由露管理。

十二號：「大樹迷宮」。

十五號：「南方迷宮」。

十七號：「大樹村」，由文官少女組管理。

十八號：「五號村」，由薇爾莎管理。

二十號：「大樹村」宅邸廚房。

二十一號：「二號村」。

二十二號：「北方迷宮」。

四千零五十一號：「大樹村」，由山精靈管理。

閒話　會思考的人偶

這是兩千年前的故事。

……

被隨便塞進箱子裡，究竟過了多久呢？

我的時間感雖然精確，待在這個箱子裡無法運作。

……好閒。

可以讓我離開箱子嗎？

可以吧？反正沒人說不行嘛。嗯，出去吧。

……鎖上了？沒辦法從裡面開？也就是說，不能擅自出去？如果沒人開鎖，就得一直這樣？這樣未免太蠢了。

呃，嗯，這也沒辦法。

我是人偶。雖然有人的外觀又有自我意識，卻被視為物品。既然主人要我待在這個箱子裡，那我就乖乖待在裡面。

⋯⋯⋯⋯

我強行打開箱蓋，離開箱子。因為我仔細一想，發現沒人叫我待在箱子裡。

可能是因為強行開箱的關係吧，箱子生氣地把箱蓋開開關關。

由於是鎖快要壞掉時箱子自己打開的，不該怪我──我這麼主張。

不過，這裡是什麼地方？森林裡？而且，從我待的箱子看來，我們已經在這裡待了很長一段時間？

從現況推測⋯⋯該不會主人把我連同箱子給丟了？

冷、冷、冷、冷靜一點。我是人偶。人偶不適合動搖。要冷靜。冷靜地思考。

為什麼會被丟掉？

⋯⋯⋯⋯⋯⋯⋯⋯⋯不懂。完美的我為什麼會被丟掉呢？

我雖然是人偶，外表卻和普通人類沒兩樣。因為是以人造人（Homunculus）技術製造出來的人偶，也就是所謂的人工活體人偶。

讓人工活體人偶得到自我意識化為魔法生物，就成了我。

說到這裡，比較敏銳的人或許已經猜到了，不過容我先講幾句話。為什麼要繞遠路？別弄成人偶，直接做成人造人不就好了嗎？

讓以人造人技術製造出來的人偶得到自我意識成為魔法生物的傢伙，給我站出來。你為什麼要做這種事！因為人造人技術在倫理上被視為禁忌？誰管你啊！

人口減少抑制計畫（Venus）怎麼樣了？你不是從那玩意兒衍生出替代勞工計畫（Mars）、王國戰士計畫（Jupiter），以及王族守護者計畫（Mercury），募集了充裕的資金造出一堆人工生命體嗎！事到如今別鬼扯什麼倫理之類的夢話！魔法師的存在價值不就是要超越倫理嗎！反正你做這種事情八成是出自於「想試試看」這種隨隨便便的心態吧！混蛋！

順帶一提，前面那些看起來就像在和某人對話，實際上都是我自己在腦袋裡唱獨角戲。

像我這種精密的人偶，做這點小事輕而易舉。

我原本待的箱子也開開關關地附和，你有這份心意我就很感動了。

容我再次自我介紹。

我是人偶。

性別是女性。外貌……由自己來講有點怪，不過算是美女。畢竟是人偶嘛。

胸部雖然比較低調，這是製作時的流行，所以不能怪我。就算做得大一點，又不會遭天譴。

能力優秀。政治、家事、育兒、戰鬥和音樂，什麼都做得到，堪稱萬能。不要把政治、家事、育兒、戰鬥和音樂這幾個相提並論？我的製作概念就是這樣，有意見請去找製作者。我也覺得奇怪。但是，我很優秀。

……沒理由把我丟掉吧？

真詭異，到底怎麼回事？該不會主人出事了吧？好比說，我待在箱子裡時，他被人抓起來或是被殺掉了？有可能。

老實說，我是高級品。聽說製造我花的費用，足以在王都興建豪宅。以主人的荷包和個性來說，他應該寧可把我賣掉而不是丟掉。嗯，絕對會賣掉。總不會賣不掉吧……不會吧？

很好，那就表示主人出事了。既然如此，怎麼辦？我該怎麼做？

趕往主人身邊？我連主人在哪裡都不知道耶？主人說不定已經死了耶？更重要的是，我該想辦法讓自己活下去。我能在森林裡生存嗎？

我手邊……只有基本裝備。也就是說，只有衣服。

裝我的箱子裡……只有一本書。主人為了把我放進箱子裡使用的書。不該因為用困難的暗號書寫，就對它感到興趣。先把這本書放一邊……沒別的了。

嗯～要生存未免也太難了吧？我雖然是人偶，如果沒有適度進食補充能量，可是會沒辦法動。要是不能動，仿生零件會完蛋，我會就這麼死掉。

這下子……………………………………事情變得有趣啦！

呵呵呵，總算能擺脫無聊的日子了！再見，主人，我明天就會忘記你！實際上，我已經差不多忘掉一半了！

好——出發吧——！我要靠自己的優秀活下去，掌握幸福！哈哈哈哈哈哈！

首先是進食！畢竟是在森林裡，應該找得到食物才對！

再來是搜索城鎮！到那裡找工作！凡事都需要錢嘛。

為了方便找工作，我該表現得更像個女性……更正，表現得更有女性的樣子。哦呵呵。嗯，完美。

工作地點……要找哪裡好呢～？找個繁華的地方比較好吧。此外，如果有人能吹捧我就更完美了！

加油吧！

9 芙勞一行人歸來

小黑想起了減肥的事。

因為昨晚芙拉西亞摸了小黑的肚子吧，牠一大早就幹勁十足。

而且，小黑大概經過一番反省，拒絕我陪牠。看得出牠這次有多認真。加油吧。

不過，要是減肥成功，芙拉西亞可能就不會來找牠了，這樣好嗎？不，我不該講些會動搖減肥決心的話。只要為小黑加油就好。

所以小黑的子孫們啊，別在我背後開賭盤。

而且，你們賭的居然不是「做得到」、「做不到」，而是賭能持續幾天，這樣很失禮喔。小黑可是該做就會做的狗……更正，小黑可是該做就會做的地獄狼。

……最熱門的選項是一天結束，還真哀傷呢。

山精靈們和四千零五十一號箱交流後，做出了箱子專用的桌子。

一打開箱蓋，就會將收納在箱內的桌子推往箱子前方，蓋上箱蓋後也會自動將桌子收進去。

在這之前，為了對話需要探頭往箱裡看，有了這種桌子之後就不需要探頭了。此外，箱子的大小導致拿取物品會有點麻煩，這部分也有了很大的改善。雖然將桌子放進箱內會導致容量稍微減少，大家依舊給予好評，認為這是非常了不起的設計。

然後，在鬼人族女僕的強烈要求下，這種桌子優先提供給廚房的四個箱子。方便使用是好事。

幾天後，大家發現擺在活動桌上的木屑文字容易散亂，於是木屑換成了漂亮的小石頭。

前往魔王國王都的芙勞一行人回來了。

想來她們應該好好放鬆了，每個人都滿面笑容。

優莉不在是因為……喔，工作因素得在王都多留一陣子嗎？還真辛苦呢。

王都的慶典怎麼樣？

貴族學園有參加，所以變得很盛大？原來如此。

我是不是也該去參觀一次呢？烏爾莎和阿爾弗雷德他們怎麼樣？有很多問題？出了什麼差錯嗎？不

是？派閥管理太寬鬆造成很多問題？

…………

派閥管理？烏爾莎他們組成了學園最大派閥，而且對該派閥的控制近乎完美，但是敵對派閥和中立派閥的處理不像樣？即使彼此敵對也得保留窗口，否則情報會完全斷絕？

原來如此，確實是這樣呢。

正因為是敵人，才更需要建立窗口。要不然，一旦出了什麼事，立刻就會爆發戰爭。就算只是誤解或方向略有偏差，依然需要有人提出來。

「關於這些，他們在村裡時我應該教過才對……看來之前都丟給蒂潔爾了。」

烏爾莎和阿爾弗雷德忘了這些，把心力都放在強化自己的派閥上嗎？

明明教了卻沒做到是個問題，然而他們年紀還小，會這樣也是難免吧。趁著還在學園時讓他們記住不就好了嗎？我這樣想會不會太樂觀了？

「會。不過，敵對派閥和中立派閥也是一樣的狀態。在優莉殿下的主導之下，大家舉行了交流會，應該能建立起窗口吧。再來就是維持……這部分我已經請梅托菈小姐幫忙了。」

梅托菈？不是阿薩或厄斯？

「因為只有梅托菈小姐在。」

咦？他們去哪裡了？還有，這麼說來蒂潔爾怎麼了？照妳剛剛的說法，她好像不在學園裡耶？

「蒂潔爾插手王都的商會，跑去那邊玩了。至於這邊，自家勢力不用說，她連敵對勢力和中立勢力都掌握得很完美。手段比我還要高明。」

…………

「阿薩先生和厄斯先生去幫蒂潔爾了。嚴格說來，阿薩先生是蒂潔爾的管家；厄斯先生則在經營咖啡廳的同時管理情蒐部隊。他們和藍登大人麾下的情蒐部隊好像也有合作喔。」

喔、喔……？

過、過得好就沒問題。

就當成這樣吧。

我和芙勞聊起她們不在村裡時發生的事。

最重要的應該是箱子們吧。

儘管她們還算驚訝，反應卻沒有想像中來得大，是因為她們已經知道有飛毯了嗎？我記得比傑爾好像曾經用過。或許魔王國還有其他有自我意志的物品。

看見收錄許多故事的水晶，讓她們很開心。

不過，試著播放一個之後，發現用的似乎都是古代語言。雖然我看得很高興，芙勞她們卻無法理解。如果要享受故事，可能需要翻譯和配音。找個登場人物比較少的故事吧。

晚上。

芙勞她們參加了使用天文望遠鏡的觀測會。

這個聚會幾乎每天都有，所以參加人數變少了，然而還是有從來都不缺席的孩子。將來想當天文學家嗎？

芙勞她們用天文望遠鏡觀賞夜空，對望遠鏡讚嘆不已。可是……

「這東西與其用來看星星，倒不如用來觀察遠方吧？」

「對吧？如果放在軍事設施裡，就能偵測到遠方敵人的動向了。」

「而且構造看起來很簡單，如果能搞定透鏡，應該就可以量產了吧？」

喂喂喂，不要一邊看星星一邊聊些奇怪的話題。

啊，芙拉西亞也參加了觀測會，卻沒有用天體望遠鏡。是因為膩了嗎？星空要用自己的眼睛看比較漂亮？

……

比我還成熟呢。

觀測會結束後，我回到屋裡，發現小黑喝酒後睡著了。

大概是運動很累，洗完澡全身清爽時有人拿酒出來，所以牠忍不住喝了吧。這就是發胖的原因喔。

啊，芙拉西亞去摸牠肚子了。

啊……嗯，明天也好好加油吧。

閒話　畢業生到來

我的名字叫德勒斯登。德勒斯登‧德勒斯登。

直接以榮耀的德勒斯登家名為名的女子。

…………

嗯，我明白。不管怎麼想，德勒斯登都不是個女生的名字。

爸爸因為有了第一個女兒太過興奮，一不小心就這麼發表了。

明明立刻收回就好，爸爸卻因為自尊心作祟而維持原狀。而我和他一年只會講一兩次話。不是感情不好喔，他已經好好向我道歉了。

只不過，我是學園的學生，一年之中大部分時間都在學園生活，到了冬天要回家的時候，爸爸又得移動到駐地，所以難得見上一面。不過嘛，如果他敢當面喊我德勒斯登，我會揍他就是了。

現在，我要父母、妹妹和朋友喊我埃莉絲。不過，一旦到了大人物面前，就還是會叫德勒斯登‧德勒斯登。

身負這種悲慘宿命的我，是個在貴族學園待了很久的資深學生。

學園要參加即將舉行的王都慶典，大家都在為此做準備，所以顯得有些浮躁。或許就是因為這樣，戒備稍微鬆懈了點。

一個約二十人的團體，出現在學園南側的正門。

負責警備的衛兵放行，代表這些人應該不是可疑人物。然而，每個人都是一身和貴族學園不相稱的輕便裝扮。衛兵看見這種穿著難道沒想過要攔一下嗎？

…………

應該沒想過。

畢竟也有喜歡奇裝異服的貴族，甚至有堅持全裸才是一切的種族。如果因為服裝就攔人，可是會爆發戰爭。

但是，一群穿成那樣的男性……嗯？不是男性？都是穿著男裝的女性呢。胸部藏不住。是不是沒打算藏啊？這就表示……

我嚇得渾身發抖。

不妙。我趕緊求救。找附近的年輕學生沒用，至少得是在學園待了十年以上的學生才行。老師……不行。老師們也很年輕，應該不知道規矩。這樣下去會讓人家闖進來。這是緊急狀況。

我使用魔法聯絡朋友們，卻只得到令人絕望的回應。

「抱歉，我在王都採買中，暫時回不去。」

「我正在料理中，無法抽身。」

「我在北方森林，馬上就回……哇，抱歉，魔物反擊了。晚點再聯絡。」
怎麼這樣！那個男裝團體已經排成整齊的橫列了耶！
由我一個人對抗？做不到。
唔！沒辦法了。
我抓了個就在附近的年輕學生，這麼命令她：
「妳是哪個派閥的人？如果派閥首領或是可以作主的人在附近，就告訴他召集人手來正門！」

幸好，派閥首領好像就在附近。人數也有五十個左右，還不壞。
我請他們幫忙。
雖然彼此派閥不同，這是學園所有人的問題。至少這時候該攜手合作。
詳情之後說明，總之請按照我的指示動作。
「該做什麼才好？」
很好，來了個能溝通的人。
其實並不難。首先請記住隊型。有三種。請做好「只要失誤就會有人倒下」這種程度的心理準備。
糟糕，男裝團體開始前進了。
一邊前進一邊打響指。一看就知道。一聽就曉得。她們訓練有素。不僅如此，那個節奏和時機……
嘖，是上流階級的人吧。

咦？正中間的是王姬優莉殿下？旁邊是克洛姆伯爵家的芙勞蕾姆小姐？格里奇伯爵和普加爾伯爵的女兒也在？這不是約十年前的最大派閥成員嗎！

在、在這裡的人對抗得了嗎？不、不行，不能膽怯。

要應戰。

首先橫向列隊……唔，由我下指示會來不及布陣。

「三列橫隊！間隔兩個人的距離！前後也拉開差不多的距離！」

派閥首領這麼下達指示後，立刻排出整齊的三列橫隊。真是不簡單耶。

呃…………應該先問名字才對。

「我叫德勒斯登·德勒斯登，是德勒斯登伯爵的女兒，親朋好友都叫我埃莉絲。妳呢？」

「烏爾莎。烏爾莎·街尾。『五號村』村長的女兒。」

噫！是超級大人物。

但是驚訝可以晚點再說。

「前方那一群是我們學園的畢業校友，應該是來檢查在校生有沒有鬆懈。」

有個人從優莉殿下那一群裡走了出來。

然後，她做了個很漂亮的女性問候動作，不禁讓人產生她穿著禮服的錯覺。

唉呀，現在不是看呆的時候。

「所有人一起回應她的問候。假如沒有自信，就模仿我的動作。」

「這倒是沒問題……有什麼好戲要上演嗎？」

「是禮儀檢查。接下來，對面會出題，並且檢查我們能不能用適合的方式解答。失敗的人就要離開隊伍。」

還有，失敗時也可以由成功的人離隊代替。

「如果只是這種程度，沒人會失敗啦。」

「因為一開始只是基本題（Basic）。終盤會是應用題（Maniac）連發。別大意了。」

「了解。話說回來，可以問個問題嗎？」

「什麼問題？」

「她們為什麼要穿成那樣啊？」

「如果穿著貴族千金的服裝做這種事，會把家裡也一併牽扯進來。畢竟過關是理所當然，失敗可就丟臉了。」

「原來如此。還有，如果對面有熟人，或者說幾乎都認識，那該怎麼辦？」

「喔，優莉殿下以『五號村』為據點嘛……假裝彼此不認識，就這樣繼續。不過，假如我們全滅了，可以麻煩妳請她們處罰時手下留情嗎？」

「這個還有處罰嗎？」

「妳認識她們對吧？妳覺得會沒有嗎？」

「……應該有。」

「加油吧。」

「嗯。」

我們很努力。

烏爾莎同學，不要因為弄錯了就想逃跑。請妳用替身撐到最後。擋個兩次、三次也沒關係。瞧，人家指名妳嘍。這是單人表演的時候。請加油。

咦？芙勞蕾姆小姐指名我？

她喊的不是德勒斯登而是埃莉絲，所以我不能不出面。

我用了一次替身撐到最後。

至於烏爾莎同學他們……只能說他們沒有全滅吧。

閒話　在校生迎接

我是學園的學生。名字就拜託別問了。對，我不是什麼值得報上名號的人物。只是一個生在普通貴族家庭的普通貴族千金。

所以，不需要記得我的名字。是的，請把這件事放一邊。我想在學園裡過普通的生活，不打算引人注目。

我明明這麼想，眼前這個狀況是怎麼回事？

事情始於一個不認識的學生……我想應該是很資深的學生。她叫住我，要我去找派閥首領，還說要召集人手。

原本呢，我不會理睬這種可疑的要求，但這次我能感覺到情況不對。

所以，我打算只把這些話轉告派閥首領阿爾弗雷德公子，但是阿爾弗雷德公子已經出門為即將到來的慶典做準備，只剩下派閥的二號人物烏爾莎小姐。

告訴烏爾莎小姐之後，她思考了一下，然後召集了人手。有必要為了湊人數，把慶典準備工作擺一邊嗎？不，烏爾莎小姐的判斷很少出錯，這麼做應該沒錯。

烏爾莎小姐召集到五十個人，便趕往剛才那個資深學生那邊。當然，我也被算在裡面。

然後眼前有人跳起了奇妙的舞蹈。她們在幹什麼啊？

我們必須記住隊型？有三種？只有這樣倒是應付得了……但是我們為什麼非得聽從指示不可啊？不過烏爾莎小姐聽了，於是我便照做。

咦？這是畢業校友的禮儀檢查？換句話說，那個男裝團體都是畢業校友？怎麼會有這種蠢事。

儘管我很希望是玩笑，那個男裝團體裡還有王姬殿下。原來如此，看來真的是畢業校友。

然後，男裝團體和烏爾莎小姐他們的互動，的確也很像禮儀檢查。

我明白了。總而言之繼續。

只要用適合的問候回應對方的題目就好，沒錯吧？就這點程度還算不上問題。我雖然很普通，好歹也是貴族。

不可思議的是，決定繼續奉陪之後，我漸漸明白是怎麼一回事了。她們即使身穿男裝，在我眼裡仍舊是身著正式晚禮服向我們問候的女性。

想要呈現的情境，她們也會透過細微的舉止傳達，或許真的算不上多難。

喔，兩邊的隊型是要補上情境呈現的不足之處啊？原來如此、原來如此。我搞懂規則了。

就在我這麼想時，突然冒出一個我看不懂的問題。

那個動作是什麼啊？

「嘿，久等啦。小心燙喔。」

她在說什麼啊？我一頭霧水。

但是不能慌張。沒錯，貴族不會慌張。要冷靜回想方才的動作，並且加以分析。

那個動作，我隱約有點印象。是在哪裡呢……某種會勾起食慾的氣味……啊！

在「五號村」拉麵街看過的拉麵店老闆！

一想到這裡，我就明白對方的題目了。現在有一碗拉麵擺在我眼前。要怎麼吃這碗拉麵呢？先喝湯？先吃麵？還是先吃配料？

從動作看得出來不是把配料堆高高的那一類，不需要特地把麵條拉上來，所以這時候……不對。

這是陷阱題。差點就上當了。

幸運的是，我認識拉麵專家。邀我去「五號村」拉麵街的人就是她。

然後，她告訴我：

「拉麵的吃法沒有限制。」

換句話說，這個場合正確的禮儀是……

雙掌在胸前併攏，說聲：「我開動了。」至於頭髮比較長的人，請在合掌之前把頭髮綁起來。

怎麼樣啊！

…………

很好，正確答案！活下來了！

如此這般，我們和畢業校友做了一番交流。

嗯，我之所以能留到最後，想必是因為有好好上課。另外，去過「夏沙多市鎮」和「五號村」的經驗也居功甚偉。感謝傳送門使得「夏沙多市鎮」和「五號村」變近了。

然後，烏爾莎小姐好像認識那群畢業校友……怪了？既然認識，為什麼途中還會失敗啊？

啊，不，不知道在戰場上該如何問候俘虜的高級軍官也是理所當然。我也只是因為父親在軍隊工作，曾經聽他說過……

烏爾莎小姐學過這些卻還是弄錯了嗎？這樣啊。非常抱歉，我幫不上忙。請乖乖挨罵吧。我還要忙著準備迎接畢業校友的宴會。

雖然還有慶典準備工作要忙，畢業校友們的老家也提供了支援，所以這場宴會似乎也有歡迎的意味在內。還真是不能輕忽呢。

還有，學園長。

謝謝您臨時參加這場禮儀檢查。您在反擊階段的攻勢實在精采，那一波讓兩位畢業校友脫隊，幫了我們大忙。

儘管這點非常感謝您，既然要參加宴會，就請您來幫忙。是的，因為這個場合不分師生。

我瞥向在廚房角落削馬鈴薯皮的魔王大人和王姬殿下。他們兩位的動作看起來很熟練，是我的錯覺嗎？算了，總比生澀來得好。

啊，學園長不用幫忙削皮，麻煩您把做好的料理端上桌。不，這和廚藝無關。只是把需要的人才安排到需要的地方而已。

哈哈哈，沒必要記住我的名字。我只是個學生。

閒話　努力的文官少女

我叫做菈菈佩爾菈露，家名為拉佩爾拉，合起來是菈菈佩爾菈露．拉佩爾拉。

我是「大樹村」人稱文官少女組的團體成員之一。沒錯，也就是說我出身於魔王國的貴族。

這一次，我與優莉殿下、芙勞小姐她們一同回到了王都。

唉呀，別急喔～我沒有被趕出村子，只是來參加王都的慶典而已。這是一趟轉換心情的小旅行！感謝答應我們的村長！村長我愛你！嗚噁！

芙勞蕾姆小姐用手肘頂了我一下，表示不該大白天就輕率說出我愛你這種話。身為魔王國的貴族千金，必須當個淑女。反省、反省。

既然是淑女，就不該訴諸言語，而該用態度示愛對吧？哦？怎麼啦，村長？咦？手勢不叫態度？您真愛開玩笑。

好的，如此這般，我來到了久違的王都。

雖然有很多地方想去，大家得先走一趟加爾加魯德貴族學園。

畢竟加爾加魯德貴族學園是我們的母校嘛。我們要去確認一下阿爾弗雷德少爺他們的狀況，此外還要和在校生交流。是的，交流。沒有錯。只是畢業校友和在校生一起做點小小的康樂活動而已。絕對不是來示威。

瞧，配合節奏的響指行進。我們可是好好練習過，還能來一段華麗的單人表演喔。

和在校生的交流順利結束。後輩們實力不錯，將學園交給他們應該沒問題吧。而且他們表現得精神抖擻，沒有鬆懈散漫。

不過，學園長中途參加是怎麼回事？我們在校時，學園長應該沒那麼喜歡到處跑吧？貼近學生雖然不壞，身為教師不能忘了分寸……啊，也可能只是想和優莉殿下來點親子交流嗎？最近優莉殿下不是在「大樹村」就是在「五號村」，一直沒回王都對吧？學園長又不像魔王大人那樣經常跑「大樹村」。

改天試著勸優莉殿下多和學園長見面吧。

從在校生口中，得知不少阿爾弗雷德少爺他們的近況。剩下得向當事者確認，只靠報告書還是會有缺漏呢。阿爾弗雷德少爺的行動，有幾個地方不太妙。

最大的問題應該是派閥管理吧。雖然自己的派閥有確實約束，和其他派閥的交流成了一灘死水。應該會顧及這部分的蒂潔爾小姐，如今把重心放在王城的活動，甚至將阿薩先生和厄斯先生拖下水，所以要說難免也真的是難免……但完全沒人幫忙實在不行。

梅托菈小姐看似萬能，但她終究是龍族觀點，比較傾向「服從的就照顧、不服從的就隨他高興」，想來不會連其他派閥也顧及到。考慮到現在阿薩先生和厄斯先生經常不在，她要一個人照顧阿爾弗雷德少爺和烏爾莎小姐，恐怕也沒有餘力顧及其他派閥。

唉，趁著我們待在王都這段期間，能指導的部分就指導一下吧。此外，由優莉殿下主持一場拉近彼此關係的交流會，應該也能成為互動的契機。再來只要將建立起來的派閥交流管道維持、擴大就好……能看著他們的只有梅托菈小姐對吧？雖然這樣會為妳帶來負擔，還是要麻煩妳了。

至於向村長報告……這部分就麻煩芙勞蕾姆小姐。還請加油。

好啦、好啦。

再來是享受王都慶典的時間，不過從這裡開始我就要單獨行動了。

不是我排斥團體行動喔。我很喜歡大家一起熱熱鬧鬧。只不過，我有事要去一個必須單獨前往的地方，這也沒辦法。

芙勞蕾姆小姐已經給了單獨行動的許可，所以不會有問題。

我的目的地……就是這裡，「青阿波亭」。一樓是酒館，二樓是旅舍，很常見的那種店。若是就讀學園時那種貴族裝扮，連靠近這裡都做不到，幸好現在我穿得像個不良青年，所以不成問題。

我用力推開這間店的擺動門，走到吧臺對老闆說了句：

「這裡是『有點青阿波亭』沒錯吧？朋友介紹我來的。」

聽到我這麼說，老闆不高興地回答：

「真是個愚蠢的傢伙。這裡是『青阿波亭』。不是『有點青阿波亭』，也不是『腐爛阿波亭』。」
「還有『腐爛阿波亭』啊？」
「哼，出去到了大街往右走第三間。」
「那麼，我後天再去那裡吧。今明兩天就在這裡喝。來杯最便宜的酒，杯子要裝滿喔。」
我拿出兩枚中銅幣。
「我們最貴的酒是一枚銀幣，要不要來一杯啊？」
「雖然不是負擔不起，最貴的還是有點難啊。那麼我逞強一點，來杯第二便宜的酒。」
我又拿出一枚中銅幣。
「我倒是希望妳可以再逞強一點啊。」
老闆收下三枚中銅幣後拿酒給我，隨即走開。
進這間店以後的對話和金錢往來，其實是通行證……也就是暗號。
我的目的，是和酒一起遞過來的小指尺寸木片。
木片上寫著今天的房間號碼與次數。
我記下房號與次數，把酒喝掉後上二樓。
然後走到該房間右邊房間的門前，敲了記住的次數後又多敲了兩下。接著在房門打開時閃身入內。
……真麻煩！為什麼要慎重到這種地步啊！
「見不得光的工作就是這樣，認命吧。」

一個可疑的老人在房間裡等我。

房間裡除了這個老人之外，還有三個年輕男子。一般來說，身為女性的我會避開這種情況……但是不要緊。

這個老人其實是我哥哥，外表是變裝後的打扮。不過嘛，就算恢復原狀，也只是從可疑的老人變成可疑的年輕人罷了。

「我們都那麼久沒見面了，妳講話還真毒。」

因為這是事實。三個年輕男子應該是哥哥的部下吧。

我這個哥哥……應該說我家，隸屬於處理魔王國內外情報的部門。十幾年前這個部門還很弱小，不過後來在克洛姆伯爵的支援下有了資金，更在藍登大人的指導下強化到了堪稱魔王國耳目的程度。

最近我才知道，為克洛姆伯爵提供資金的就是「大樹村」。村長的手還真長。

至於我來這裡的目的，則是為了接收某項情報。所以麻煩快點給我。

「我知道。這就是妳要的情報。報酬我會透過克洛姆伯爵領取。」

我接過一卷羊皮紙，當場打開過目。

…………

我或者說文官少女組要的情報，是烏爾莎小姐的朋友——伊絲莉小姐的身家背景。

種族是人類，當事人又自稱殺手，所以不能不調查。

結果……真的是殺手呢。真令人驚訝。然而，她所屬的情報統括部已經在國家爆發政變時消失。就是字面上的消失。不是逃亡或解散，情報統括部的根據地和相關設施全沒了。

那個部門的根據地和相關設施，原本好像用礦山遮掩，但是很不幸地在龍發動攻擊時遭到波及。他們到底做了什麼事惹龍生氣啊？希望不是和「大樹村」有關的龍……但是應該有關吧。

無論如何，伊絲莉小姐的問題解決了。

以前是殺手又怎麼樣？在「大樹村」不能講經歷的人多得是。就算現在還是殺手也無妨，只要對魔王國和「大樹村」沒影響就行了。可喜可賀、可喜可賀。

「菈菈佩爾菈露，妳接下來要去哪裡？如果回家露個臉，爸媽會很高興喔。」

當然是普通地享受慶典呀。畢竟我來王都就是為了這個，我可沒打算靠近老家。

「這樣啊。唉，畢竟一回家他們就會找妳問『大樹村』的情報嘛。」

沒錯，就是這樣。我已經再三提醒過他們：「很危險，別多問。」但他們好像還是沒辦法不調查。

「就因為個性如此，才能當上這個部門的首長和參謀啊。」

即使是這樣，也沒必要特地去踩龍的尾巴。總有一天會自取滅亡喔。

「妳指的是什麼？」

你們接近了蒂潔爾小姐對吧？

「那是她主動接近，還堵死了我們的退路。」

如果事情和蒂潔爾小姐有關，那就麻煩你們別多想，誠懇地面對她。她背後有很恐怖的存在。

「我知道。我會鄭重提醒爸媽，叫他們別動歪腦筋。唉，畢竟事情和出資者有關係，他們應該不會亂來吧。」

最好是這樣。

「別那麼嫌棄他們嘛。爸媽會亂來也有一部分是因為擔心妳。」

這部分讓我很感動，但是你們可以多信任我一點吧？

「因為妳突然就不見了嘛～想要信任也沒辦法吧？」

唔，戳到痛處了。

當年我和那群教唆優莉殿下的惹禍貴族千金們一起被帶到「大樹村」。儘管透過克洛姆伯爵用信件向家人報過平安，在父母眼裡依然和女兒突然下落不明沒兩樣。

關於這點，我也覺得很抱歉……但我只是遭受池魚之殃而已。我是無辜的。

唉呀，這樣下去就沒辦法享受慶典了。哥哥，雖然有點捨不得，今天就到這裡了。

「知道了。對了，最後可以讓我問個問題嗎？」

什麼問題？

「妳那身打扮是怎麼回事？就算要變裝也可以穿得更像樣一點吧？」

這副打扮有它的好處。這是學園的慣例。

我和優莉殿下她們會合，享受王都的慶典。

嗯～雖然人數多、規模大，食物水準還是「五號村」的慶典更勝一籌。王都的商會得多加把勁。

還有，兩位前任四天王參加了王都的慶典。對，就是那位名字很長的，以及他的搭檔。

我個人認為，他們兩位踩著響指舞步接近現任四天王那一幕，是這場慶典最高潮的部分。

儘管是四對二，卻是一場精采的較量。

異世界悠閒農家

Farming life in another world.

Final chapter

Presented by
Kinosuke Naito
Illustration by
Yasumo

〔終章〕

創作與畢莉卡騷動

01.五號村　02.深邃森林

1 村子的日常

小黑踏上了旅途。

為了讓自己沒辦法立刻回家，牠這次行程使用傳送門前往溫泉地，然後徒步返回「大樹村」。看來牠是認真要減肥。

然後，這段期間的食物全部靠自己狩獵。從小黑堅持孤身上路的態度，能感覺到牠勢在必得。

我想這次減肥應該會成功。

雖說我還是擔心牠會碰上危險……不過碰到危險的對手時，小黑應該不會硬碰硬吧。在這方面我相信牠。

…………

話說回來，安。

真難得見到妳參加小黑子孫們舉行的賭局。我還以為妳對賭博沒興趣。

「由於勝負已定，算不上賭博喔。」

妳說勝負已定……看妳賭失敗那邊，代表妳認為絕對會失敗？

「是的。」

這樣未免太過分了吧？

小黑這回幹勁十足。毫無疑問。

「小黑先生在出發之前跑來廚房。」

……咦？

「然後帶了味噌離開。」

味噌？調味料那個？

「是的。帶走一小桶。」

呃……有沒有可能是牠考慮到沒獵物的情況，所以把味噌當成乾糧帶著上路？

「村長真的這麼想嗎？」

……

小黑能靠魔法生火弄水。牠應該也知道石烤的方法，我能想像出牠挖個洞之後把水、食材、味噌和烤熱的石頭丟進去料理的畫面。

小黑啊，你該不會只是拿減肥當藉口，要趁機享受一下單身的感覺吧？這樣太奸詐嘍。應該帶我一起去。

總而言之，我也賭失敗吧。

小黑的子孫們成長得很快，轉眼間就會長到成年大小。

不過，即使身體長大了，精神方面大概也依舊是孩子，牠們往往壓抑不住好奇心，或者克制不住自己。因此，要分辨哪隻是年輕個體很簡單。

鬼人族女僕抱著裝滿洗淨衣物的籃子走在路上時，一隻小黑的子孫突然正面撲上去。大概是想嚇嚇那個鬼人族女僕吧。

然而，鬼人族女僕已經習慣了。只見她不慌不忙地抱著籃子蹲下後一個側身，然後用腰頂在從旁撲過來的小黑子孫大腿上，把小黑的子孫撞翻。

在地上滾幾圈還不至於受傷的小黑子孫以為這是新遊戲，打算再次挑戰……但是在牠撲上去之前，鬼人族女僕開口說：

「坐下！」

聽到這句話，小黑的子孫當場停止動作乖乖坐好。

「已經說過拿著衣物時不可以亂來了吧？罰你沒晚餐吃。」

小黑的子孫動搖到有點好笑的地步。

牠向旁人求助，但是大家都怕遭受牽連而離得遠遠的。啊，牠發現我了，然後全力衝了過來。即使你發出那種很可憐的叫聲，我也只會很困擾。我盡力，但是不要期待。

儘管沒晚餐吃的處罰撤回了，卻換成了沒調理過的生肉。請原諒無能為力的我。

要自己烤是無妨，不過麻煩到外面烤喔。在屋裡烤會引發火災。還有，不可以惡作劇喔。雖然年輕會這樣也是難免啦。

小黑一、小黑二、小黑三和小黑四，以前也常常惡作劇。嗯，牠們常常趁我工作的時候從後面撞上來。撞最多次的應該是小黑一。

雖然烏爾莎他們都說小黑一沉著冷靜，牠小時候的模樣始終在我腦海裡揮之不去。以前的牠好奇心旺盛，非常頑皮。

啊，小黑一在看這裡了，所以這個話題到此為止。要好好反省喔。

貓姊姊的大叫聲響遍了整間房子。

那是憤怒的叫聲，音量大得不尋常。看來有什麼事觸怒了貓姊姊。

我心想：「怎麼回事？」往叫聲的方向看，隨即見到不死鳥幼雛艾基斯飛了過來。牠看見我之後鬆了口氣，落在我頭上。

…………

原來原因就是你啊？在艾基斯回答之前，貓姊姊米兒已經趕到。從米兒的態度就看得出來，艾基斯闖禍了。

米兒用眼神表示，牠對我的說法沒興趣，要我趕快把頭上的艾基斯交出來。

啊～嗯，不能這麼做吧。雖然我知道錯在艾基斯，交出去會讓牠落得悲慘的下場。

總而言之，我先確認一下理由。艾基斯幹了什麼好事啊？

米兒領著我來到出事地點——蒼月的房間。而拉兒、烏兒和加兒都在。

牠們踏入禁止進入的房間安慰著正躺著的蒼月，從這個樣子看來明顯事態嚴重。艾基斯對蒼月做了什麼嗎？

米兒以下頷示意我往蒼月的大腿看。

嗯？蒼月的大腿有一塊沒毛，能看見原本被遮住的皮膚。

…………

從失去的毛量推測，艾基斯在大腿的那個位置睡午覺，結果睡迷糊了，身上冒出火焰燒掉蒼月的毛，是這樣沒錯吧？鷲叼著世界樹葉過來，看樣子我沒猜錯。

總而言之，先用世界樹葉治療蒼月。雖然應該沒燒傷，還是小心為上。

毛……世界樹葉治得好嗎？希望治得好。

還有，艾基斯要向蒼月道歉。嗯，已經好好道歉了呢。

貓姊姊們，我沒要求妳們就此原諒艾基斯，但我希望妳們別動用暴力。

禁止艾基斯接觸蒼月？好，艾基斯直到明年春天為止都不准接觸蒼月。當然了，也禁止進入蒼月的房間。

嗯？設期限太寬鬆？要求無限期禁止接觸？

我懂妳們的心情，但是蒼月要求的也就罷了，妳們的要求頂多就這樣。

更何況，考慮到妳們哪天也有可能闖禍，處罰停留在這種程度不是比較好嗎？假如惹事的換成妳們，妳們也不想被無限期禁止接觸蒼月吧？唉，雖說別闖禍當然最好……很高興妳們能明白。

那麼，接下來我要給艾基斯處罰。對，艾基斯應該接受處罰。

你睡迷糊了冒火對吧？這次受害的只有蒼月，但也有可能釀成火災，我實在沒辦法坐視不管。如果不好好控制，我可不會讓你在屋裡生活喔。

這部分呢，就交給拚命道歉的鷲來指導吧。至於處罰，就罰你這個夏天負責燒澡堂的熱水。不是把水煮滾就好喔。要維持在能讓人泡澡的程度。

你可能不太拿手，不過你要把這項處罰也當成訓練的一環。這就對了。

艾基斯應該也深切反省了吧，牠很認真地在燒澡堂的熱水。唉，雖然這段時間的水都會比較燙……就忍一下吧。

我吹著夏季晚風，因為在老地方見不到小黑而感到寂寞。喔，小雪要連同小黑的份一起陪我是吧？哈哈哈。

小黑一不在，小雪也變得愛撒嬌了呢。好乖、好乖。要是小黑減肥失敗，我們就一起笑牠吧。

2 電影院

莉亞等高等精靈在「五號村」的山腳蓋了一棟大型建築物。

建築物內部是個寬敞的空間，裡頭放著上百張椅子，每個座位都保有充足的活動餘地。這個空間有三層樓高，牆邊相當於二樓、三樓的部分，就像要證明這點似的隔出包廂，弄成類似歌劇院那種結構，卻有個讓人否定這種推測的巨大螢幕。

也就是說，這棟建築物是電影院。為了能夠觀賞水晶內收錄的那些故事，我想弄出一組設備，於是就成了這個情況。

不過，這間電影院的螢幕前面，有個不自然的凹陷區域。這個地方很重要。

水晶收錄的故事，使用了古代語言，需要翻譯成現代通用語。因為並非所有人都識字，字幕便不列入考慮，必須安排配合故事影像講臺詞的人員。

在我看來只需要一個人，頂多就是分成一男一女，但文官少女組倒是很來勁。

她們找了有在演戲的人和聲音悅耳的人來試鏡，為每個登場角色分別安排人員配音，而這些配音人員需要有個地方讓他們唸臺詞。

螢幕前方的凹陷區就是為此而準備。配音人員要待在這裡對觀眾席發聲。他們不看畫面，好像要透過事前訓練記住開口的時機。這樣行嗎？

而且還有音量問題。雖然多少能靠魔法輔助，要讓聲音傳遍這個空間應該很辛苦。

不過嘛，這些配音人員看起來很有幹勁，就請他們多加油了。只不過，短期之內得選些登場角色少的影像才行。何況翻譯也很累。

由於電影院的座位有限，還安排了讓人等待的等候室，不過飲食部分目前只有保留空間，沒有真的提供。

畢竟不曉得這些水晶故事上映後評價如何嘛。我們決定等到這部分的評價出來之後，再決定要提供什麼樣的飲食。

就我個人來說，講到電影就會想要配爆米花和冷飲，然而這不是電影，所以並不強迫。我希望儘量挑些不會製造噪音的食物。

電影院的第一場特別公演。

觀眾有包含我在內的「大樹村」村民，以及陽子挑選的「五號村」代表。另外還有魔王、比傑爾、優莉和學園長。

學園長，這樣好嗎？妳的工作呢？有短距離傳送門在，所以不要緊？

既然當事人說沒問題，我就不多問了。那麼，試著播放影像吧。

影像內容是男孩遇上女孩的故事。

話雖如此，戀愛成分並不怎麼重。意外相遇的男孩和女孩一同經歷奇妙體驗，感情逐漸加溫。

結局時男孩與女孩分隔兩地，但在最後一幕給了兩人重逢的驚喜。儘管沒看完所有水晶裡的影像，我個人最推薦這部。

我很在意大家的反應，於是來參加這場特別公演……聲音演技真是精湛。此外還增加了配樂。連樂團都準備啦？

實際上，原本的影像就有人聲與背景音樂，只不過為了避免影響這次公演而把音量壓低，導致音樂也變得很小聲，樂團好像是為了彌補這點而安排的。

雖然原片只剩下畫面，感覺還不壞。用大螢幕觀賞可能是部分原因，但配音和音樂的力量令人大為震撼，我個人覺得還不錯。

其他人的反應如何？

……大家議論紛紛呢。看不出反應是好是壞，還真頭痛……

很快地，決定要在一小時後舉行第二次公演。

幾乎所有人都留下來看第二次，因此應該都很感興趣。

咦？第一次不知道該怎麼看？這樣啊。和舞臺劇不一樣，影像的場景轉換只在一瞬之間，所以故事進展得很快嘛。

嗯，希望大家能慢慢習慣。

數天後。

「情況緊急，麻煩村長儘快翻譯其他作品。」

文官少女組這麼對我說。最後得到的評價似乎很好，還有不少人聽到傳聞之後湧入電影院。

既然如此，我就再幫忙翻一部吧。之後我想把翻譯工作讓給箱子們。

還有，電影院內的飲食設施要儘快準備。將來必然生意興隆。

小黑回來了。差不多十天不見了吧？

牠顛覆大多數人的預測，真的變瘦了。那副精悍的模樣實在不像小黑，小雪甚至揉了揉眼睛。

真令人吃驚。還有很抱歉，我不該認定你會失敗。看樣子你很努力。

聽到你帶著味噌出發時，我還以為沒救了……

嗯？怎麼了？小黑來到我面前……全力地撒起嬌。怎、怎麼回事？

……獨自生活只有一開始愉快，之後就剩下寂寞？不過，一想到馬上回來又要被取笑，所以拚了命努力？這、這樣啊。好乖、好乖，辛苦你了。唉，以後吃東西不要吃太撐，也別忘了適度運動。

儘管我很想讓你就這樣撒嬌，持續一身髒會惹安生氣，總之先去洗澡吧。對了，不過水溫稍微高了點……怎麼啦，安？

讓小黑撒嬌的我同樣弄得一身髒，所以我也該去洗澡？知道了。小黑，我們一起洗吧。走嘍。

還有芙拉西亞。小黑就在眼前喔，不要找了。

3 文化炸彈的準備

「五號村」的電影院受到了好評。然而，問題也隨之而來。

首先是座位數量。客人們表示，牆邊的包廂姑且不論，至少一樓應該多放一些椅子。確實，假如縮短間隔，就能安排更多座位。可是，之所以保留活動餘地，是考慮到種族差異。

如果座位都擠在一起，前排卻坐了一群半人牛族該怎麼辦？坐在後面的人會很困擾喔？然而就算是這樣，也不該要高個子種族都坐到後面或邊緣。

所以，座位維持現狀。

再來是飲食問題。

雖然有人打翻過飲料，基本上沒問題。

問題在於食物。儘管準備了不太容易製造噪音、氣味也不強烈的料理，還是有很多人希望公演中禁止吃東西。

當然，也有想吃東西的人。

然而，由於發生過「負責配音的人聞到觀眾席的食物氣味，肚子叫了起來」這種意外，所以禁止吃東西的勢力比較強。

肚子叫……當時聲音好像還被魔法放大了呢。

雖說這種意外似乎也是看電影的樂趣之一，暫時還是先禁止在公演中吃東西。相對地，等候室的餐飲選擇變得更為充實。畢竟等候室不需要在意聲音和氣味嘛。

話雖如此，考慮到客人們稍後要看電影，還是儘量避開咖哩和大蒜料理等氣味強烈的菜色了。

再來，則是配音人員的健康管理問題。

這個世界的居民沒那麼容易感冒，不過有三個人在公演結束之後情緒亢奮地去喝酒，結果隔天嗓子啞了。還有一個人遭到電影迷追求，結果劈腿穿幫而受傷。另外還有許多人練習過度，結果傷到喉嚨。

……………

儘管姑且安排了其他人替補上場，這麼做終究有極限。

而且，由別人替補會惹火電影迷。舞臺劇找人替補並不罕見，但是換成電影就會讓人生氣。

雖然能從失誤和意外中得到樂趣，聲音換掉會讓人覺得非常不對勁。問題會不會在於目前的電影形式呢？是否應該更貼近原本的電影呢？

總而言之，短期內先安排經紀人。儘管不是一對一，而是由一名經紀人照顧好幾個人，應該還是比目前這樣來得好吧。希望如此。

關於電影形式這部分，我找上攝影隊的伊雷他們幫忙。

目前，水晶影像、配音人員和奏樂人員都要湊齊才能公演。如果在配上對白和音樂的情況下，讓伊雷他們翻拍水晶的影像，又會怎麼樣呢？

「水晶的影像無法拍攝。」

果然沒這麼簡單。

仔細問伊雷才知道，拍攝水晶的影像只會變成一片漆黑。

原因在於魔法與魔力會互相干涉，沒辦法直接翻拍影像。

我原本以為此路不通，卻有了替代方案。

縱然水晶影像無法翻拍，但是能記錄聲音。有人提議，將錄下的聲音配合水晶影像播放如何？我覺得這樣不壞。

然而，這麼做也有問題。記錄聲音和播放聲音，需要伊雷的器材。

一旦攝影隊協助電影這邊，他們差不多就等於電影專屬人員了。對伊雷來說一兩次倒還無妨，但是持續下去會讓他很困擾；我也不想叫他這麼做。

儘管只要改用和故事水晶一起放在箱子裡的攝影機，就能記錄聲音與播放聲音，這臺攝影機已經用來播放水晶影像了。

需要再找一臺攝影機，以及記錄用的水晶。

雖然把收錄故事的水晶做些處理應該就可以，我們沒有這種技術。

而且，如果真的這麼做，很有可能會把目前收錄的故事毀掉。

束手無策了嗎？

就在我這麼想的時候，救世主登場。那就是始祖大人的太太薇爾莎。

「我想我家應該有攝影機和記錄用的水晶。」

聽到薇爾莎這麼說，我們前往她家一趟，確保了六臺攝影機與許多水晶。

這些水晶差不多有一半都已經收錄了故事……不知何時冒出來的古吉開始檢查內容，然後把已經有故事的水晶隔離。

咦？全都要隔離？還真是厲害呢。哈哈哈。薇爾莎，我可沒誇妳喔。

剩下的水晶都是空的，而且數量還很多。光是這樣就已經值得高興，可是還有更值得高興的。

那就是播放器。好像是專門用來播放水晶紀錄的魔道具，總共有二十臺。真是感激不盡。

可是薇爾莎，全部交給我們好嗎？這是寶貴的收藏品吧？

「不用在意。一來我已經確保需要的份了，二來我會收取費用。」

當然，我會確實支付費用。

咦？不要錢？慢著慢著慢著，我可沒打算配合妳的嗜好喔。

弄錯了？不是那個？而且已經付過了？感覺很恐怖耶。

「呵呵。我也有我要拍的東西，所以想和你們借用播映場地。」

原來如此，是這麼一回事啊？

「由於會限定觀眾，因此不會出現犧牲者。」

說、說好嘍。不可以強迫別人看。

無論如何，能夠記錄聲音和播放聲音該高興。

而且，既然攝影機和播放器不止一臺，代表可以建立第二間電影院，座位問題也能就此解決，真是不錯。

伊雷也很高興有新器材能用。

…………

等等，既然薇爾莎能拍攝，就表示伊雷也能拍攝。也就是說，你們要在這裡拍電影？

伊雷他們的攝影隊好像幹勁十足。真期待他們今後的活躍。

預算？雖然要多少錢我都願意出，能不能把開支列清楚？再怎麼說那都是村子的錢嘛。我會和文官少女組商量後再做決定。

當天晚上。

我接到文官少女的報告。

「『夏沙多市鎮』那邊，戈隆商會好像正在確保電影院需要的土地。」

咦？我一開始不是告訴他們沒辦法多蓋電影院嗎？

取得播放器的消息已經傳出去了？

「應該沒有，他們大概認為村長一定有辦法吧？」

過度期待會讓我很為難耶。

「還有，王都的蒂潔爾小姐來了聯絡，她表示土地已經確保好了，希望能送些懂得怎麼蓋電影院的人過去。」

這邊也很快。

嗯？怪了？蒂潔爾？不是達馮商會？她是從學園長那裡聽到的嗎？

話又說回來，她難不成沒收到「電影院沒辦法多蓋」的消息嗎？

現在雖然沒問題，如果沒有薇爾莎協助，那些用來確保土地的錢會白白浪費。送封信過去提醒她吧。當然，迅速確保土地這點值得誇獎。

啊，連詳細的建設預算表和電影收益分配資料都送來啦？

這是蒂潔爾安排的嗎？不，應該是阿薩、厄斯，或者達馮商會的人教的吧。有好好學習是不錯……

但是她沒忘了課業吧？爸爸很擔心這點。

4 飛毯的製作方法和泳池畔

這裡有本寫了飛毯製作方法的魔導書。

所以露說：「來試著做條飛毯吧。」我也有興趣，所以在旁邊幫忙。

先準備一條大小適中的地毯。

這裡有個重點，那就是地毯必須是新品。雖然不需要剛做好，好像不能使用過。

為什麼呢？儘管覺得疑惑，總之先按照魔導書寫的做吧。

再來，把當成核心的魔石縫上去。用小顆的也行，但是好像會需要不少。如果用森林裡獵的野豬魔石只需要一顆？原來如此。

縫上去的部分雖然凸了一塊，但是不用在意。下一個步驟是對它喊話。

…………

喊話？我仔細閱讀魔導書，想搞懂是什麼意思。

…………

呃……總之就是要讚美地毯的樣子。

「我從來沒見過這麼漂亮的地毯！」
似乎讚美它的人越多、讚美的聲音越大，效果就越好。
「好棒的地毯！」
「我也想要這種地毯！」
「質地真好！」
「觸感也超棒！」
「不賴！真的不賴！」
「這玩意兒做得太讚了吧！」
就算搞不懂也要讚美。差不多持續十天之後，請確認地毯邊緣。看，是不是會晃動呀？假如會，就代表有效。請一邊誇獎它一邊坐上去。這樣地毯就會飛了。
…………
真的嗎？照這個步驟就行了嗎？先看一下後面怎麼寫。
地毯飛起來之後還不能放心，接下來才是最重要的一步。沒錯，調教。
受到讚美而誕生的飛毯，理所當然地習慣聽到讚美，討厭警告或命令。雖說有個體差異，作者已經用這種方法製造了將近四十張魔法飛毯，幾乎不會有錯。怎麼驅策討厭命令的飛毯，就要看每個人的技術了，加油吧。
原來如此，占了大半本魔導書的培育日記，和調教的部分有關啊？

要是調教失敗，有可能在飛行時把載的東西甩下去、隨心情改變目的地，或是擅自飛走。

…………

那條載運箱子的飛毯，會不會就是擁有者自己製作的呢？然後因為調教失敗而被甩了下去？找機會問問箱子們吧。

總而言之，這個方法好像沒錯，所以露就繼續讚美地毯吧。還有，願意幫忙的人請在路過時誇讚兩句。力所能及的範圍就行了。請大家幫忙。

我繼續閱讀魔導書，把調教部分統整一下。

嗯，讚美的事就交給你們了。

不是啦，你們想想看，一個成年人全力讚美掛在牆上的地毯，在旁觀者眼裡是什麼樣子？感覺不太好意思。

還有，要讚美的話，我寧願稱讚孩子們。

順帶一提，智慧箱和智慧劍，好像也是用類似的方法製作。

不過，用讚美的就會飛起來，所以必須配合目的調整方法。以智慧箱來說……應該是讓它們聽故事吧。不過，戰鬥故事效果不彰，推薦戀愛故事。哦～

炎炎夏日還在持續，泳池附近已經能聽到充滿活力的聲音。

雙頭犬歐爾在泳池畔休息。歐爾和平常不同，頭頂戴著帽子，上半身穿著衣服。不是普通衣服，是泳裝呢。座布團特別幫你做的嗎？不錯耶。很適合你喔。

看你穿著泳裝，你是自己來的嗎？不是？古隆蒂也在？

歐爾看向設置在泳池畔的更衣小屋。原來如此，古隆蒂正在換泳裝啊？唔嗯……

要等古隆蒂來也行，但是基拉爾不在。人家老公不在的時候，不能稱讚人妻的泳裝。「稱讚兩句有什麼關係？」——這種輕率的想法很危險。

不，其他人怎麼想是他們的自由，只是我覺得很危險。

然而，看見人家換上泳裝，什麼都不說也很失禮。如果旁邊有其他人在倒還說得過去，只有歐爾可不行。也就是說，立刻離開才是正解。

我和歐爾打過招呼後，便往孩子們玩的地方移動。

雖然想帶孩子們去海岸，途中會有很多問題，所以目前還無法實踐。假如比傑爾或始祖大人有空就好了。

唉，畢竟這樣幾乎等於綁住人家半天，不能勉強他們。特別是始祖大人，不久前我還為了回收攝影機和播放器請他往返薇爾莎家。必須為人家想一想。

孩子們在泳池裡玩，我向在池畔守望他們的蜥蜴人與鬼人族女僕們打招呼。

嗯？怎麼啦？

其中一個孩子看著泳池畔的船。

想坐船嗎？這倒是無妨，但是要好好聽蜥蜴人的話喔。

孩子們搭的船，是山精靈的精心傑作。這種船只能讓一個孩子搭乘，他們要踩腳邊的踏板讓外輪轉動，藉此使船前進；手邊的握把則可以操作船舵。由於做得十分精美，令人想訂一艘大人用的船。

不過，如果要讓大人搭乘，船的規模就得變大。

更何況，山精靈們此時忙著和四千零五十一號箱一起製作箱子專用臺車。如果把臺車加上魔像要素，應該能讓事情簡單一點……嗯，找機會告訴她們吧。

「村長不下水嗎？」

喔，我只是來看看而已。還有，要找妳們商量一下孩子們吃飯的事。

「餐點已經準備好了，泳池（這邊）組沒問題。」

這樣啊，了解。

啊，換上泳裝的古隆蒂和歐爾來了。現在就沒問題，因為蜥蜴人們和鬼人族女僕們就在附近。還有，那件泳裝相當適合古隆蒂。很漂亮。

不過這些話我不會說出口。我只是簡單地打聲招呼，剩下就交給附近的蜥蜴人們和鬼人族女僕們。

「古隆蒂大人，那件泳裝很適合您呢。非常漂亮。」

對於鬼人族女僕們這番話，我點點頭表示同意。這已經是極限了。

會不會顧慮太多了？

不，總比惹出麻煩來得好。

嗯，其中一名蜥蜴人拍拍我的肩膀。怎麼了？

「村長，火一郎少爺、古拉兒小姐，還有萊美蓮大人來了。」

這組合一如往常……不過萊美蓮是用年輕的模樣。而且，她穿著泳裝。

呃…………我就專注在火一郎身上吧。

5 飛毯製作日誌

開始製作飛毯的第二天。

「好棒！好棒！好棒！」

「好漂亮！好漂亮！好漂亮！好漂亮！好漂亮！」

看來讚美的詞庫達到極限，感覺得出來想靠氣勢蒙混過去。魔導書上面寫這樣就行了，所以應該沒關係吧。

第四天。

「縱線與橫線交織而成的奇蹟……就叫做地毯！咦？布是不是也一樣啊？」

我已經無法理解露在講什麼了。不過應該是在讚美吧。加油。

第七天。

露的模樣不對勁。

唉，畢竟這些日子都在竭盡全力讚美一條不會動的地毯嘛，變得不正常也在所難免。所以我讓她去休息了。

取而代之，改由莉亞等高等精靈來讚美地毯。魔導書上也寫不必一直由同一個人來讚美，所以應該沒關係吧。交給妳們嘍。

還有露，看看漂亮的東西吧。

魔導書上也寫著，這種時候就該看些漂亮的東西。

既然現在是晚上，那就是星空。看看這片星空。怎麼樣？滿天都是星星喔。

…………

沒什麼反應。不行嗎？

那麼火堆！搖曳的火光能讓心靈平靜。怎麼樣？

……不行啊。

露小聲讚美火堆。夠了，不用讚美也沒關係。火堆沒反應？這是理所當然……我、我知道了。

我把銅銹粉、鐵銹粉和食鹽等東西灑向火堆。

看，顏色變嘍。它對露的讚美產生反應了。雖然只是單純的焰色反應，效果似乎不錯。露的眼裡似乎又有了生氣，太好了。

嗯？原本和露一起看著火堆的孩子們，現在都看著我。想試試看？可以是可以，但是注意別太靠近火堆喔。

還有，一口氣全部丟進去很危險，所以禁止這麼做喔。加特，你已經在鍛冶場看得夠多了吧？不要那麼驚訝。我不是什麼火焰魔術師啦。

第十天。

復活的露回去讚美地毯了，然而地毯毫無動靜。可是魔導書上寫著差不多該有效果了耶？

第十五天。

看見地毯毫無反應，露崩潰了。不要用魔法燒它啦。還有，既然身為研究者，應該更有耐心一點。失敗也是理所當然，要累積失敗的經驗尋找成功之路吧？再努力一下吧。

第二十天。

地毯動了。而且飛起來了。好厲害，真的會飛耶。

再來就是調教，不過總之先為地毯飛起來感到高興吧。

…………

怎麼啦，飛毯？為什麼來我這裡？一直讚美你的可是露喔？呃，她中間確實曾經想把你燒掉……不會忘記我護著你的恩情？雖然這點令人高興，你越表現出這種態度，露的眼神就越恐怖喔？看吧，露開始詠唱魔法了。她不需要詠唱也能使用魔法卻故意詠唱，代表她特地給人家阻止的機會。現在。現在就是你唯一的機會，快點向露道歉。喂，別躲到我背後。

第二十一天。

我坐上飛毯。

雖然以前有被格蘭瑪莉亞她們帶著、在空中散步的經驗，搭飛毯飛行倒是第一次。不過嘛，地點在室內，高度也只有三十公分左右。

飛毯似乎還沒辦法載重物飛上高處。期待你今後的成長喔，好乖、好乖。

我從飛毯上下來，和露換手。

露一坐到飛毯上，只有她坐的部分便落到地面。

……飛毯啊，你為什麼要做這種事呀～看，露不是又開始詠唱魔法了嗎？

露，魔導書上也寫了，威脅飛毯會有反效果。冷靜，妳要冷靜。

飛毯可以把玩累了睡著的孩子載到床上，因此得到鬼人族女僕們的接納。希望你今後也能繼續努力下去。

雖然高度和載我時沒兩樣，只有三十公分，不過安全為上。

飛毯載著孩子們飛行。

啊，不可以載著小孩子到屋外喔~只能在屋裡載他們。雖然不出村子應該就沒關係，以防萬一嘛。

不，不是我不信任飛毯你。魔物或魔獸出現時，飛行高度只有三十公分會很危險。你的速度也還算不上快對吧？

哈哈哈，不要沮喪。畢竟你剛誕生，這也是理所當然。就算是鳥，剛從蛋裡孵出來時也不會飛。雛鳥需要花不少時間才能學會怎麼飛，而你一出生就會飛，才能方面保證沒問題，之後還會繼續成長。好乖、好乖。

雖然魔導書裡面留下了特別註明，飛毯飛起來之後不要太常誇獎它，但是它都來撒嬌了，我也沒辦法。唉呀，該罵的時候再好好罵吧。

話說回來，艾基斯，怎麼啦？看你挺起胸膛，在自豪什麼……啊，這樣啊。確實你剛從蛋裡孵出來就會飛呢。雖然當時你用跑的還比較快。

別生氣、別生氣。我也很期待你的成長。

澡堂熱水的溫度也變得剛剛好了呢。保持下去，再努力一段時間吧。

對了，蒼月大腿的毛漸漸長回來了。等到完全恢復之後，你再去道個歉吧。我會陪你一起去。

日後。

我看見坐在飛毯上的艾基斯。

…………

這樣還算是一隻鳥嗎？鷲在煩惱了一會兒之後，和艾基斯一起坐上飛毯。

呃，倒也無妨就是了。

6 喝茶熱潮與「五號村」的新設施

紅茶、綠茶和咖啡。

「五號村」現在流行喝茶。

源頭是我開的店「小黑與小雪」和「青銅茶屋」。當然，教居民喝茶的並不是這兩間店。

這兩間店開張之前，喝茶文化就已經存在。不過，由移民組成的「五號村」先前會避免把時間花在喝茶上。

畢竟先前有段時間大興土木，與其悠閒喝茶還不如幹活賺錢。大家都希望先讓生活穩定下來。等到差不多安頓好的時候，「小黑與小雪」和「青銅茶屋」開張了，我想這就是契機。

中午喝茶成了一部分主婦的地位象徵。於是，比較有生意頭腦的人開始在攤販或店鋪提供茶飲。模仿「小黑與小雪」和「青銅茶屋」的店先後開張，也有些店試圖以價格和服務作出區隔。提供的地點增加，茶的消費量也跟著增加。

只靠「五號村」周邊來不及生產茶葉，於是商人們從各地進貨。各個地方進的茶葉味道不可能完全一樣，因此也能在味道上作出區隔。

這麼一來，居民們自然開始尋找符合喜好的茶，將這件事當成生活的一部分。喝茶熱潮看來不會輕易消退。

「當然，我做了些調整，避免這波熱潮搞得太誇張。」

喝著綠茶的陽子這麼告訴我。

地點在「五號村」陽子宅邸的某個房間。當初我因為興趣使然想把這裡弄成鋪榻榻米的和室，卻被陽子搶走了。

算了，陽子喜歡就好。反正我也不常待在這裡。

「問題在於咖啡。它的原料咖啡豆只有『大樹村』生產，導致價格過於昂貴。如果只有這樣倒還好，但是連假貨都出現了。」

假貨？類似蒲公英咖啡那樣的替代品嗎？

「如果是替代品也就罷了，但那只是黑色的水。把水變黑的方法有很多種，但是幾乎沒有一種會讓人想喝。我只能說，用墨染黑已經算好了。」

…………

「順帶一提，香氣部分是用真正的咖啡豆來混淆，所以有人會上當去喝。喝了肚子痛的人少說也有上百個。當然，這種店會遭到取締……可是當然也有人想要效法。」

還真是令人頭痛的問題呢。

「我原本想拜託你增產咖啡豆，不過那個叫蒲公英的可以代替嗎？」

代替似乎可以，但是有蒲公英嗎？

印象中好像是把蒲公英的根加以烘焙而成的樣子。

「原來如此，用根嗎？那我試著讓商人們研究一下吧。」

另外，大豆和橡實似乎也能拿來代替喔。

「大豆聽起來不難呢。橡實從季節看來是秋天吧？唔嗯……」

我和陽子邊喝茶邊討論咖啡的替代方案。

「五號村」流行喝茶。

可是，也有人對茶沒興趣。其代表就是嗜酒人士。
「嘿！與其喝那些高貴的茶，我寧可喝酒。」
「是啊，喝茶不如喝酒。」
「只要有酒喝，我就心滿意足了。」
雖然有幾間提供酒的店家轉型為茶飲專賣店，喝茶熱潮的影響也就這樣。無論喝茶是否流行，嗜酒人士要的都是酒。
「老闆，隨便來什麼酒都行！三杯！」
「知道了。那麼，請試試這邊的酒。」
「……你拿茶給我是怎麼回事？」
「這是綠茶調酒，兌綠茶。」
「……」
「接下來是紅茶調酒，兌紅茶。」
「……」
「最後是咖啡調酒，兌咖啡。」
「……」
「您不喝嗎？」
「喝、喝是會喝啦……」

嗜酒人士不在乎喝茶熱潮。說了不在乎，就是不在乎。

某個謠言在「五號村」流傳。據說村裡有間矮人的祕密酒館。

而且不是普通矮人，而是長老矮人的祕密酒館。凡是「五號村」的嗜酒人士，似乎都會想去那間祕密酒館見識一下。

那間長老矮人的祕密酒館，起先在地下商店街裡。一個只有四張半榻榻米的祕密空間，一次只開放給數個客人。

唯有找到酒館的人能夠喝酒，是它一開始的宗旨。

「誰找得到這種地下商店街還在規劃時就隱藏起來的空間啊？只有參與建設的少數人吧？」

「是啊。不過，我們就是因為知道，才能在這裡喝酒。」

「呵呵呵，為祕密酒館乾一杯。還真不賴耶。」

長老矮人們原本這麼認為。

然而，他們太小看嗜酒人士的執著了。這件事很快就曝光，地下商店街的祕密酒館生意興隆。

最後甚至有人在外面排隊，導致代理村長下令關門。

照理說事情應該到此為止，但是長老矮人們並不死心。他們又找了一個地點，再次建立祕密酒館。

結果，嗜酒人士再度上門。顧客蜂擁而至，酒館再度關閉。

長老矮人的祕密酒館，就這樣一再開張又關門。

話說回來，「五號村」的山腳開了一間新旅店。

不是普通旅店，而是內外都有鋪設水道的海洋種族專用旅店，客房裡還有大型水槽。

多虧短距離傳送門，縮短了這裡和「夏沙多市鎮」的距離，海洋種族變得比較常來拜訪，導致住宿需求增加，因此有了這間旅店。老實說，只要利用短距離傳送門返回「夏沙多市鎮」，海洋根本近在咫尺，可以當天來回不必住宿……但是客人還不少。

雖然也有「利用短距離傳送門需要花費時間」和「住宿就可以從早玩到晚」等理由，不過最重要的是感動。

這是第一間專門為了海洋種族興建的旅店，讓他們大為感動。而且，財力還算寬裕的人認為不能讓這種旅店倒閉，往往會在此過夜。

結果，生意比想像中還要好，令人不禁發出高興的慘叫。

海洋種族專用旅店的地下室。

在某個可以隔著玻璃觀賞水道景色的空間裡，長老矮人們抱頭叫苦。

「沒想到這間旅店會這麼受歡迎。」

「都已經做到這種地步了……要放棄了嗎？」

「只能放棄吧？真要說起來，在我們矮人靠近海洋種族專用旅店那刻就很可疑了。」

「唔嗯！規、規劃階段時還以為行得通。」
「別再東躲西藏，正常地開店是不是還比較輕鬆啊？只要拜託村長，他應該就會幫忙弄一間夠大的店面。」
「笨蛋，你真的不懂耶。」
「不懂什麼？」
「就是要躲起來才好啊！」
長老矮人的祕密酒館正在尋找下一個地點。

7 觀戰

我站在「五號村」山腳運動場的觀眾席一角——穿著派頭十足的衣服。
在我的左右兩邊，則是盛裝打扮的陽子和瑞吉蕾芙。身高……我是最矮的吧？我不介意比人家矮，但是這樣看起來會不會有點怪？
就在我思考這些時，陽子已經朝著運動場的觀眾席說：
「……我們的願望終於實現了！今年就如各位所見，村長也到場觀賞了！」
觀眾席響起如雷的掌聲。

陽子讓掌聲停下後，此時飛毯來到我身後。
飛毯在我背後張開，我則往後靠向飛毯。飛毯撐住我的身體，同時緩緩變為椅子的形狀。
我坐在變得像椅子的飛毯上，高高在上地翹起腳。儘管這樣不太適合我，這是事前決定好的動作。
陽子和瑞吉蕾芙滿意地點點頭，同時陽子朗聲對觀眾宣告：
「我宣布『五號村』的武鬥會開始！好好努力吧！」
觀眾席爆出一陣喝采。

雖然陽子講得好像我第一次看「五號村」的武鬥會，但我其實不是第一次來這裡觀戰。
「五號村」每年都會舉辦好幾次武鬥會，所以我也有不少機會觀戰。實際上，我的確看了好幾次。
然而「五號村」的居民並不知情。問題好像在於我穿著平常的衣服很普通地坐在觀眾席。
既然如此就交給陽子處理，結果就變成這樣。飛毯似乎也想表演一下變形為椅，所以來幫忙了。
雖然我從來沒有從頭看到尾，還是看了。
呃，的確很厲害。而且很有趣。
飛毯會不會變不回去啊？沒問題就好。對了，感謝你的幫忙。要是飛得很累就講一聲喔。
要在後面偷偷放張椅子也可以。

大約在春末時，瑞吉蕾芙為了帶領瑪爾比特等天使族回天使族之里而離開了村子。

本來她預定途中折返，不過就和大多數人預期的一樣，她一路帶隊帶到終點。之後在天使族之里好像又做了些事，直到最近才返回村子。儘管我告訴她這次活動可以休息，她堅持要參加。

和需要致詞的陽子不同，瑞吉蕾芙只是站在我旁邊，這樣應該很無聊吧。感謝妳的協助。謝謝。

在離我們不遠的牆邊席，蒂雅對露抱怨：

「瑞吉蕾芙大人的位置，本來應該屬於我吧？」

「照妳這麼說，陽子的位置不是我也很奇怪啊。」

「因為露成天埋首研究，這次活動從一開始就沒參與……」

「蒂雅也一樣吧？我確保的塊狀礦物有些消失了，別以為我不知道。」

「妳也拿了一些我確保的塊狀礦物吧？彼此彼此。」

就算妳們彼此彼此，也不能擅自拿走人家的東西喔～再怎麼親近，也得保持基本禮貌，這點千萬別忘記。

沒對加特確保的份出手倒是該稱讚一下。

……不對，這是理所當然的吧？

「五號村」的武鬥會進行得十分流暢。

上次看的時候好像比較悠閒耶？我這麼詢問陽子之後——

「為了讓村長觀賞，這次募集了更多參賽者。」

所以要迅速消化比賽，給更多人展現實力的機會。

原來如此。唉呀，有熟面孔上場了。

是「青銅茶屋」的店長，青銅騎士。

他還是一樣帥，觀眾席上的女性們尖叫四起。對手是著重肌肉的劍士，對比之下更為明顯了吧？

不，著重肌肉的劍士好像也有自己的支持者。許多粗野的加油聲響起。

我在心裡為青銅騎士加油。我並不討厭那位著重肌肉的劍士，但是我把店交給青銅騎士負責了嘛。

然而麻煩之處在於，我不能露骨地為其中一方加油。

比賽由青銅騎士得勝。

著重肌肉的劍士有兩次精采的演出，不過應該都是青銅騎士引導他這麼做——瑞吉蕾芙為我解說。

原來如此。

除了青銅騎士之外，白銀騎士和赤鐵騎士也登場了。

兩人都輕鬆贏得勝利。

對手是基於什麼標準決定的？實力差距好像太大了耶？

…………

好像是仿效「大樹村」用抽籤的。那就沒辦法了。
而且比賽是單敗淘汰制，最後那場肯定值得一看。

好像有表演賽。
畢莉卡登場。她身穿和服，或者說類似武士的裝扮。劍也是像日本刀那樣的……就是日本刀吧。
「放著也是積灰塵嘛。」
好像是陽子給她的。
對手……二十個人？嗯？那二十人穿著像道服的服裝，不過都是魔像。
提到魔像就會想要找蒂雅解說……但是她不在。牆邊席只剩下露。
她應該不會自己回去……所以操控那二十具魔像的應該就是蒂雅吧。
二十具魔像各自配有武器……上面散發奇特的光芒，所以是魔法武器吧？好像是露準備的。她洋洋得意地為我說明。謝謝。
不過，那樣對畢莉卡來說不會太狠了嗎？

表演賽開始。
不愧是蒂雅操控的，二十具魔像以有如武術家的動作圍住畢莉卡，同時用魔法武器發動攻擊。
然而，畢莉卡總是在千均一髮之際避開魔像的攻擊，揮刀砍倒它們。

我明白找魔像當對手的理由了。如果不是魔像，場面會太過血腥。砍手砍腳不用說，連斬首和劈成兩半的都有。

不過嘛，因為是魔像，只是少了手腳或頭還不至於失去戰鬥能力，可是這場是表演賽。這種狀況下就會判定魔像失去戰鬥能力遭到淘汰，讓它離開舞臺。

與其說是表演賽，不如說比較像畢莉卡的演武吧。

嗯，畢莉卡變強了。還有，看見她很有精神真是太好了。

畢竟先前有格魯夫那件事嘛，讓人很擔心。雖然我聽周圍的人說，她已經重新振作，現在沒事了……看樣子確實如此。那就好。關於格魯夫的事，她應該看開了吧？

打倒所有魔像後，畢莉卡獨自站在舞臺上。我為她拍手，觀眾席也給予盛大的掌聲。

…………

嗯？畢莉卡沒有要走下舞臺的樣子？司儀看起來也有點困惑。怎麼了嗎？

「格魯夫師父！請賜教！」

畢莉卡把格魯夫叫上舞臺。

我就在這裡，所以格魯夫也有來會場……啊，格魯夫上臺了。畢莉卡面帶笑容這麼說：

「這場較量，輸家要聽從贏家一個要求，希望你能同意。」

…………

咦？畢莉卡還沒放棄格魯夫？不、不會吧～

啊，慢著，畢莉卡，不要煽動觀眾讓格魯夫無法拒絕。魔像不知何時已經包圍舞臺，不讓格魯夫離開。蒂雅也站在畢莉卡那一邊嗎？

我往後一看，露也不見了。露也站在畢莉卡那邊啊？

格魯夫，別答應。快逃——！這樣並不丟臉——！

我派搗亂者（瑞吉蕾芙）過去，使得畢莉卡和格魯夫的比賽不了了之。

露、蒂雅、畢莉卡，等會兒給我過來。該說教了。

8 閉幕

日落時分，「五號村」武鬥會的頒獎典禮開始了。

由於採用單敗淘汰制，我以為優勝者只有一人，結果居然有八人。因為淘汰賽到八強就結束了。

理由並不是因為時間不夠。如果比到最後，等於只有一人能接受我的祝福，所以一開始就決定在剩下八人時結束。

儘管有些消化不良的感覺，贏到最後的八人都很開心就好。於是我祝福這八個人。

……

這八個人，我全都不認識。

青銅騎士怎麼啦？白銀騎士和赤鐵騎士也不見了。我沒看到他們打輸啊？

確認之後才知道，青銅騎士打完第二場後，覺得已經表現夠了，因此心滿意足地棄權，帶著支持者回店裡了。

……

員工熱心工作讓我很高興，但是這樣好嗎？

白銀騎士和赤鐵騎士也同樣棄權。他們兩人的棄權理由，則是在挑戰干擾畢莉卡表演賽的瑞吉蕾芙時受傷了。

不能用治療魔法解決嗎？

傷勢雖然能夠用魔法治好，既然輸了就該乾脆地抽身？原來如此。算了，反正也沒給別人添麻煩，所以沒問題。

這麼說來，雀兒喜怎麼樣了？聖騎士修奈達——雀兒喜，科林教聖騎士，曾經在始祖大人和芙修的介紹下參加「大樹村」的武鬥會，目前待在「五號村」的教會修行。她應該相當強啊？沒參加嗎？

覺得用推薦名額參加不公平，想要用一般名額參賽？可是一般名額的募集者太多要抽籤，然後她沒抽到？

……呃……還真是遺憾。希望她以後乖乖使用推薦名額。

嗯，她和魔王在不同的意義上籤運很好。

即使頒獎儀式結束、武鬥會宣告閉幕，「五號村」的熱鬧氣氛依舊沒有消退。因為慶典會持續到明天早上。

為了這一刻，各式攤販早就已經擺出來，而且到處都排有桌椅。青銅騎士會棄權，大概也是因為要把力氣花在這裡。

我已經和各店的代理店長說過，大家可以自由發揮。雖然赤字不能太過嚴重，在一定限度內可以不用管收支平衡。

所以，各店應該會視店長的幹勁而做些什麼。細節我不過問，我只負責事後收報告和支付經費。

不過嘛，完全不管也很危險，所以我讓陽子的部下協助巡視。

我和飛毯先回大樹村一趟，這回把陽子的女兒一重帶來。

一重一看見陽子就撲上去，母女感情真好。

我和阿爾弗雷德他們應該也不會輸才對。我這麼想，往陽子宅邸的其中一個房間走去。

房間裡，露、蒂雅和畢莉卡坐在椅子上等待。

我不打算囉嗦。格魯夫已經明確拒絕了，就不該繼續纏著他。

先前我已經這麼說過了。露和蒂雅也要好好反省。

妳們或許覺得在幫助朋友，但這種行為會破壞格魯夫的家庭。呃，確實不見得會破壞，但是有破壞的可能性。

這不是「希望妳們了解」，而是我的命令。我要保護格魯夫的家庭。

可是，我接到了畢莉卡已經振作起來的報告耶？難道不是這樣嗎？

嗯？本來已經完全死心？可是有人叫妳不要放棄？誰說的？菲亞莉娜？誰啊？

好像在哪裡聽過……呃…………「夏沙多市鎮」麵包店老闆的女兒？不認識耶。

伊弗魯斯代官兒子的女友？伊弗魯斯代官，就是「夏沙多市鎮」那位對吧？他的兒子是誰啊？基爾史派克？

…………啊啊！我在「馬菈」見過他幾次。

這樣啊，當時我從基爾史派克口中聽過幾次菲亞莉娜的名字。哦？基爾史派克和菲亞莉娜已經確定要結婚了？

雖然雙方父母都已經同意了，菲亞莉娜以研究麵包為優先，因此一延再延？原來如此。

無論如何，這的確可喜可賀。

咦？喜帖也送到我這裡來了？因為是明年，報告還沒送上來？這樣啊。

然後？即將結婚的菲亞莉娜，告訴畢莉卡不要放棄？

「對，菲亞莉娜是這麼告訴我的。」

畢莉卡閉上眼睛，模仿菲亞莉娜說話。

「一旦放棄就到此為止了！只要不放棄，總有一天會成功！加油！不能輸！」

這、這樣啊。

……………嗯～呃，在畢莉卡因為這段回憶而感動時講這些可能不太好……

那個……我在想啊……這幾句話講的是不是「研究」啊？

就我從基爾史派克那裡聽到的菲亞莉娜來看，她確實是會這麼講的人。

9 真心話

畢莉卡以雙手遮住自己通紅的臉。

起先她還有些抗拒，不過我叫她回想一下菲亞莉娜平常的模樣之後，她就明白怎麼回事了。唉，正所謂戀愛是盲目的，事情一旦扯上戀愛就很容易造成誤解，不要太在意。

總而言之，今天到此解散，但這件事不能不了了之。明天大家再好好談一下。還得向格魯夫的太太道歉才行。

畢莉卡交給露和蒂雅，我去參加「五號村」的夜間慶典。

換成普通的服裝之後，就沒人會注意我了呢。算了，輕鬆點也好。

我原本這麼想，但是帶著格魯夫和達尬當護衛，自然會引人注目。畢竟格魯夫和達尬在「五號村」都是名人嘛，這也難免。

我在夜間慶典晃了大約一小時之後，來到甘味屋「小黑與小雪」，和待在這裡的莉亞、安、哈克蓮以及拉絲蒂會合。

怪了？芙蘿拉沒和妳們在一起嗎？按照預定，她應該要在這裡和我們會合啊？途中被人搶走了？誰？瑞吉蕾芙？

在「五號村」的夜間慶典上，瑞吉蕾芙大受歡迎。

在畢莉卡和格魯夫那一戰進場搗亂，為她增加不少知名度，許多人跑來挑戰。原本這種事會找畢莉卡、格魯夫、達尬……唉，這次狀況不一樣嘛。

更何況，瑞吉蕾芙謹慎地打倒對手之後，還會說出對方弱點所在供對方改進，導致人越來越多。這倒也不算壞事。

前提是不在意寶貴的治療魔法使用者被綁著走不了這點……

然而我會在意，所以是個問題。找露或蒂雅來換手吧。如果畢莉卡已經振作，兩個都叫來也行喔。

我們一團人走出「小黑與小雪」後到處晃，碰上了加特一家人。

加特沉迷於箱子們帶來的新礦石，成天窩在鍛冶場，於是太太娜西和女兒娜特硬是把他帶了出來。

「工作固然重要，家庭也很重要。」

娜西說的沒錯。加特應該也明白，才會來參加慶典吧。

在村裡已經是個姊姊的娜特，今天顯得十分孩子氣。因為和父母在一起所以能撒嬌嗎？或許娜特在家都是這種感覺。

我不想打擾他們，想說打個招呼就離開，卻被娜西拉住了。

嗯？她雖然拉住我，卻顯得欲言又止……所以我們在附近的攤販找了個位置。

坐下來談話的只有我、娜西和加特。切記，絕對不可以只有我和娜西兩個人。加特，你這樣不算礙事啦。

那麼，再來一個人，莉亞……莉亞推薦安，所以我把安找來。莉亞拜託格魯夫和加特跑腿之後，便充當護衛在周圍戒備。

怪了，莉亞這反應……她知道我們要在這裡談什麼嗎？哈克蓮、拉絲蒂，不好意思，麻煩妳們稍微等一下。

「只等到這杯茶喝完喔～」

「姊姊，格魯夫和加特去買吃的了，不如等到吃完吧。」

「這麼說也是。那就這樣。」

了解。

「恕我冒犯，看了剛剛的武鬥會……」

娜西要談的，是格魯夫和畢莉卡那件事。

身為守護家庭的妻子，她大概看不下去吧。我會為露和蒂雅成為幫凶一事道歉……我原本這麼打算，然而事情並非如此。

「這次的事，格魯夫大人的太太已經表示同意了。」

……………咦？這是怎麼回事？

格魯夫的太太支持格魯夫和畢莉卡結婚？為什麼？

「格魯夫大人的太太，向我說了一些真心話。還請村長容許我說出來。」

說來聽聽吧。

「說穿了，就是『職務繼承』的問題。」

…………

職務繼承？那是什麼？

我看向旁邊的安。

「村長，目前格魯夫大人負責護衛村長。」

嗯，是交給他負責。

畢竟他有一般人的常識，而且很強。對於地理也相當熟悉。

「但是格魯夫大人的公子，是一名活躍的石工。」

確實如此。

「大樹村」的石板路就不用說了，武鬥會的舞臺建造也有他一份。對於「大樹村」來說，石工不可或缺。

「是的。而且，這位公子已經結婚成家。」

嗯，沒錯。連孩子都生了嘛。

「於是目前由格魯夫大人負責的村長護衛工作，就出了問題。」

……………嗯？我不懂？哪裡有問題？

「格魯夫大人必須趁著還健康時，培養能擔任村長護衛的繼承人，但是現在沒有人選。」

嗯嗯嗯？慢著，為什麼需要培養繼承人？

「正如國王的兒子會成為國王，這是為了讓騎士的兒子成為騎士。」

……………

呃……先冷靜一下。

嗯？哈克蓮？喔，我們的茶嗎？謝謝。

我喝了口茶陷入沉思。

……………

國王的兒子是國王，騎士的兒子是騎士。

……………

這樣啊，封建社會是吧。

領主給予工作和報酬，家臣和領民則完成工作取得報酬。而且，大多數的封建社會，身分和職業都是世襲。

縱使魔王國的魔王和四天王似乎並非世襲，那是基於環境因素，或者該說為了高效率營運多種族國家所產生的結果。就算是魔王國，除了魔王和四天王以外，大多數都是世襲。

也就是說……格魯夫的太太，希望讓血親繼承護衛我的工作嗎？

「正是如此。」

原、原來如此……呃…………

這個時候，應該不能講這種話吧——「護衛我這份差事沒到需要繼承的地步。」我說話會看場合。

娜西大概覺得我多少有所理解了，於是繼續說下去。

「格魯夫大人的太太雖然也很努力，但她為了提高機率，看上了畢莉卡小姐。她認為，如果是格魯夫大人和畢莉卡小姐的孩子，應該能繼承職務。」

格魯夫的太太容許其他人撮合格魯夫和畢莉卡，原因就在這裡嗎？

原來如此、原來如此。

格魯夫的太太認為護衛我很重要，相當重視這份工作，對此我很感謝。畢竟我總是基於種種理由帶著格魯夫出門嘛。這點我會反省。

即使有所反省，但我還是很不爽！結婚生子不該是這樣吧！

我很想這麼大喊。雖然想……

會有這種不滿，多半是因為我認識以資本主義為背景的近代國家，而不是封建社會。即使是這種近代國家，在五十年前、一百年前，一樣沒什麼婚姻自由。

仔細一想，戈爾他們的婚事也很看重家長的承認。如果這樣才是這世界應有的規矩，那麼我表示不滿就有問題了。因為奇怪的是我。

然而，我希望孩子們能夠過他們自己的人生。父母的職務等事務，只要當事者有意願繼承再繼承就好，不該為了繼承而生育。

我這些想法，應該已經對我太太們說過了才對……

我看向安。

安別開目光。嗯，因為安想讓自己的兒子特萊因當管家嘛。

我也能明白莉亞為什麼不加入這個話題。以莉亞為首的高等精靈們也都有念頭，希望孩子能繼承自己的工作。

對了，露和蒂雅會提供協助也是因為這樣吧。總覺得以露和蒂雅的個性來說，她們表現得太過積極，實在不太對勁。

儘管露沒說出口，看得出來她想讓阿爾弗雷德繼承村長一職。蒂雅應該也希望蒂潔爾可以輔佐阿爾弗雷德吧。

所以，她們沒辦法回絕格魯夫的太太。

……呼。

必須感謝娜西呢。這些話本來傳不進我耳裡。

好，明天開家庭會議。雖然對格魯夫和畢莉卡很抱歉，格魯夫的事得暫緩。

首先要再次讓大家明白我對孩子們的態度。

如此下定決心之後，我把注意力轉回慶典。

今天就享受慶典吧。

喔，芙蘿拉來啦？辛苦了。露和蒂雅在瑞吉蕾芙那邊嗎？我知道了。

回家時去看看狀況吧。

10 冷靜下來

隔天。

我原本要召開家庭會議，但是睡一覺之後就冷靜下來了。

首先是家庭會議。

我想談的議題是孩子們的出路。

考慮到將來，我希望讓沒生孩子的人也參加……但是我不願意動用強權逼迫大家服從。我希望大家各抒己見，理解並接受彼此的想法，這樣算是任性嗎？

然而，如果一大群人討論，場面很有可能難以收拾。所以，會議規模縮小成只召集代表。

這麼一來參加者就是……露、蒂雅、莉亞、安、哈克蓮、拉絲蒂、芙勞和賽娜她們幾個吧。雖然希望格蘭瑪莉亞、庫德兒和可羅涅也能參加，由於有蒂雅在，她們三個應該會推辭。

這麼做不是因為服從蒂雅，而是為了避免天使族在會議裡占多數。嗯，參加者大概就這樣，再來想像一下會議的進展。

總而言之，把我的想法稱為「自由派」，以繼承為前提的想法當成「繼承派」。

從這次會議的成因來看，露和蒂雅是「繼承派」。莉亞和安也是「繼承派」。

哈克蓮和拉絲蒂大概會支持我的意見……不過我記得德斯曾經提過，身為龍族有責任要如何如何。

她們或許有種族方面的職責或任務需要繼承。不，應該有吧。

假如我開口，她們或許會為了我違抗那些東西，不過總之先將哈克蓮和拉絲蒂都視為「繼承派」。

芙勞並未表示要芙拉西亞繼承什麼。

然而比傑爾和負責照顧芙拉西亞的荷莉，會不會希望讓芙拉西亞繼承呢？畢竟芙勞是獨生女。

假如芙拉西亞再大一點，或許會提起繼承比傑爾領地的事。

或許有可能？會不會有其他血親，改由那個人繼承呢？

……芙拉西亞長大後，離開村子和某人結婚，之後就待在比傑爾那裡一邊生活一邊學習怎麼繼承領地，很有可能會這樣。

倘若比傑爾向芙勞提起這些，芙勞會反對嗎？芙勞也算進「繼承派」吧。

賽娜怎麼樣？

…………

賽娜是加特的妹妹，「好林村」村長的女兒。可是，賽娜已經下定決心要埋骨於「大樹村」了。

這不是我自作多情，而是賽娜直接告訴我的，不會有錯。

所以，「好林村」的事應該不用考慮。

然後，賽娜對於賽緹的教育……除了念書，她也讓賽緹幫忙自己的工作。這算是「繼承派」吧？

由這些參加者舉行的會議。

嗯，可以想見我會在大家的勸導之下被牽著走。明明白白。

唉，雖然昨天有點激動，如果把「職務繼承」當「技術傳承」看待，讓孩子幫忙父母的工作倒也不算壞事。

技術就是財產。既然如此，想把財產交給子女有什麼不對？

想讓孩子繼承自己開發出來的技術，難道不對嗎？當然沒這回事。

只不過，如果子女沒有繼承技術的才能，或者沒有繼承意願，那就不太好了。

我希望避免這種狀況發生嗎？若是這樣，又該在什麼時機判斷有無才能呢？就算能夠判斷，難道就能無視當事人的意願嗎？難道沒才能就不可以做這份工作嗎？沒有這回事。雖然沒有……某些職業如果缺乏才能卻還是繼承下來，會使得當事者和周圍都不幸。

先從頭來過吧。

整理自己的想法。以我自己來說，我究竟討厭什麼、希望有什麼樣的結果？

就我的角度來說……

我希望孩子到了能夠做出判斷的年齡時，再讓他們自由選擇職業。嗯，沒錯。就算父母是騎士，自己也不需要成為騎士，讓孩子們做自己想做的事就好。

……

可是，如果站在雇用者的角度來看，只有「想做」的意願可不行，還要看有沒有能配合意願的體力與知識。而且，人能夠只靠「想做」的意願生活嗎？

我在前一個世界也常聽人家說，即使為了當偶像、當演員而努力，要到能夠靠這一行吃飯的地步也得花很多時間。

而且，花時間就能靠這一行謀生算是幸運，大多數人會因為無法過活而放棄。

身為父母，應該都想為孩子們加油吧。然而，父母也會希望孩子別走上悲慘的人生路。還真難啊。

儘管孩子應該有屬於自己的獨立人生，身為父母提供某種程度的引導也是難免嗎？嗯～沒辦法立刻得出結論，這是個不能拿出來討論的問題。

「那個，村長，會議差不多要開始嘍。」

鬼人族女僕之一這麼告訴我。

謝謝。

……嗯，總之和老婆們商量吧。把自己的想法告訴她們，思考該怎麼辦吧。

然後，希望能在好好觀察每一個孩子之後，找到適合的答案。

隔天。

我和格魯夫的太太談話。

「格魯夫在『好林村』是最強的戰士。雖然他在這個村子甘居下位，我希望他在『好林村』培養的技術不會失傳，於是找賽娜大人商量。」

原來如此。

這方面的心思，露她們已經給了建議，所以我也能接受。然而如果是這樣，期待自己的孩子就好，找畢莉卡不太對吧？

「我的兒子走上了石工之路。」

是啊。

「我的女兒在村長底下工作。」

嗯，她很努力。

「正如村長所言，我希望讓自己的孩子繼承格魯夫的技術……可是……」

她欲言又止。怎麼了嗎？

獸人族適孕年齡的問題嗎？不，我聽說格魯夫的太太在年齡上沒問題。

「雖然女兒如今在這個村子過得很好，她離鄉背井讓我心有愧疚。」

……

「儘管在這個村子重逢了，我們原本應該再也見不到面。這樣的我，心裡對於再生一個孩子仍然有些抗拒。」

……原來如此。

我明白格魯夫太太的心情了。不，說明白未免太傲慢了吧。

雖說條件不壞，當年終究還是讓年紀尚輕的孩子離開家庭。我應該無法體會一位母親當時的感受。

唔嗯，不過就我的立場來說，還是希望妳能忘記這份愧疚。如果忘不掉，就推到造成妳們一家離散的我身上。

「村長……」

而且，我希望妳尊重格魯夫的心意。

因為格魯夫眼裡只有妳。

11 善後

正當我在自家房間悠哉休息時，格魯夫來了。

和太太談完了嗎？

「真是抱歉，給您添麻煩了。」

算不上什麼麻煩啦。畢竟源頭是我要人搬過來嘛。

「我們已經溝通很久，但是一直沒有共識。」

在這種狀況下，我又因為種種理由帶著格魯夫到處跑，才讓她鬧彆扭嗎？

「倒也不是鬧彆扭……日後我會帶著太太來向您賠罪。」

不需要賠罪啦。如果你堅持，夏收將至，我就期待你們到時候的表現吧。

「是。」

話說回來，我有件事得告訴你。

「什麼事呢？」

就算是你的兒子，能不能擔任護衛，也要先看他的實力再決定喔。

「這是當然。不，就該這麼做。」

這樣啊。

「是的。就只是我……不，就只是我們擅自為了在您需要時能得到您的認可而做準備而已。」

呃……我該說謝謝嗎？

「雖然這樣很符合村長的作風，希望您可以回想一下『五號村』武鬥會上陽子大人的致詞。」

武鬥會時陽子的致詞？啊～原來如此。

那麼，重新來過。

「好好努力吧。」

「遵命。」

格魯夫離開房間後不久，賽娜來了。

「村長，這回給您添了麻煩，實在非常抱歉。」

賽娜之所以道歉，是因為最先接受格魯夫太太諮詢並且應對的人，就是身為村裡獸人族代表的賽娜。格魯夫太太雖然沒提到賽娜的名字，賽娜是這個村子的獸人族代表，不可能跳過她。

本來這次的事照理說應該在獸人族內部就擺平，然而賽娜雖說是村裡獸人族代表，還是太過年輕了，無法處理年長親屬的敏感問題。於是，她從外面搬救兵，找上了露和蒂雅，就這樣把事情鬧大了。

如果商量的對象不是露或蒂雅而是嫂嫂（娜西），或許能處理得穩妥一點。不過嘛，這會讓種族代表和嫂嫂之間的上下關係出問題，她大概說不出口吧。

……嗯？

「請問怎麼了嗎？」

喔，抱歉。我剛剛想到一些事。

話說回來……啊～賽娜妳不用道歉。只是妳諮詢的對象讓問題變得稍微大了點而已。該道歉的應該是她們。

「嗯？」

讓妳擔心了。不要太在意。

賽娜離開房間之後，我等了一會兒。

接著出現的是陽子。明明還是大白天卻跑來「大樹村」，就表示……

這次的主謀果然是陽子，沒錯吧？

「講主謀未免太誇張了。」

陽子搬了張椅子放到我面前坐下，看起來完全不覺得自己有錯。

「我頂多就是幫人家指路而已……你從哪裡知道的？」

賽娜的諮詢對象。

對於賽娜來說，露和蒂雅並不是那麼方便問的對象。不管怎麼說，露和蒂雅都有很多事要忙，還有自己的研究要顧。拿本來必須自己解決的問題去找她們，想來會讓賽娜有些抗拒。

這麼一來，就會找上擔任獸人族顧問的拉姆莉亞斯。而拉姆莉亞斯自從戈爾他們去魔王國學園之後，就把重點放在宅邸內的工作，像是輔佐我和陽子的工作等。

要諮詢總不能挑她在我旁邊的時候吧？也就是說，如果去找拉姆莉亞斯諮詢，有很高的機率會被陽子聽到。

我的推理大概就像這樣。

「原來如此。別那麼生氣嘛……不過看樣子你也沒那麼生氣。」

是啊，畢竟多虧這件事，才讓我思考了不少。

「那就好。」

然而，把畢莉卡牽扯進來是怎麼回事？這不像妳的作風。

「那個劍聖和格魯夫有些摩擦嘛。我想讓她鬧一鬧、發洩一下，正好有個適合的話題能利用。」

所以才把她拖下水？太亂來了吧？

「沒什麼啦，就算真的贏了，劍聖也不會要人家娶她。」

是這樣嗎？不，可是我把人叫過來問話後，感覺很像……

「假如真的想要結婚，就不會繞一大圈說『輸家聽從贏家一個要求』啦。應該會說『贏了就娶她為妻』才對吧？」

這麼說來……也對。

「劍聖也沒想要破壞格魯夫的家庭。只不過，聽到朋友要結婚的消息之後，重新燃起原本已經熄滅的愛火而已吧。」

啊～是這種感覺嗎？

可是，現場氣氛已經讓格魯夫無法拒絕了耶？所以我才要瑞吉蕾芙去鬧場……

「我提供了場地和武器。可是，我並沒有不識相到會去強推有一方不願意的婚姻喔。」

既然如此，就先跟我講一聲啊。

因為我看不下去，才讓問題變嚴重。不，陽子就是想讓把事情鬧大吧？

所以，陽子沒有讓問題停留在她那裡，而是把露和蒂雅都拖下水。既然娜西也知道，代表「大樹村」的女性幾乎都知情吧。

「嗯。我希望透過這一鬧，讓格魯夫的太太冷靜下來。」

……她已經激動到需要由別人幫忙降溫了嗎？

「都把家裡的問題搬到外面了，至少算不上冷靜吧？」

嗯……

「不過還是替村長添麻煩了。雖然算不上什麼交換條件，劍聖就由我來顧吧。」

沒問題嗎？

「我這些年來也不是白活。包在我身上。」

知道了，那就拜託嘍。

陽子離開房間之後，我稍微想了一下。陽子不止找露和蒂雅，更把「大樹村」的女性全都牽扯進來，理由何在？

不會只為了讓格魯夫的太太冷靜吧？

也就是說，目的在於讓我思考嗎？所以她才丟了個容易讓人想出結論的問題？

嗯，不對。

目的雖然是讓我思考，但是還有後續。

「繼承人、職務繼承與技術傳承，有的人即使想考慮這些也做不到。」

也就是說，她在責備我行房的頻率變低了吧。不，應該是要我加油吧。

拜託陽子的應該不是露或蒂雅。可能是安或莉亞……不，是格蘭瑪莉亞嗎？

由於琳夏的建議，我將自己想做的事稍微往前擺了一點。所造成的影響，就是晚上行房的次數減少。即使如此，天使族依舊有人懷孕和生產，她在擔心這部分吧？

嗯～雖然很抱歉，這部分請讓我照自己的步調來。

在這個世界，有出息的男性娶多位女性好像很理所當然，但是我內心的櫃子增加太多，現在已經變成心靈書店了。我不想讓它變成心靈圖書館。

何況就算我自制，積極的人還是會積極進攻嘛。

間話　人家僱用我當女僕

我的名字叫做愛阿妮絲，是個普通的女僕。

對，非常普通。沒什麼像特徵的特徵，實在很抱歉。

這樣的我呢，在雇主戈德巴克家當家老爺的命令下，侍奉葛德米利翁少爺。

葛德米利翁少爺是當家老爺的長子。嗯，也就是顧小孩的意思啦。不，由於彼此年紀相近，或許類似玩伴那樣吧。

咦？戀愛對象？拜託別這樣，我會哭喔。

好啦，葛德米利翁少爺今天又找同學打架了。

不，這次應該說是人家找上門吧？畢竟葛德米利翁少爺基本上是個傲慢的人嘛。假如他願意稍微改一下態度，這種事應該會變少，然而那看來是天性，他始終沒有要改。

「愛阿妮絲，不要出手喔。這些傢伙是我的獵物。」

獵物嗎？對方有三個人，真的沒問題嗎？

算了，擔心也是種冒犯。所以我按照少爺說的沒出手。也沒為他加油。
總而言之，就慶幸有了一些屬於自己的時間吧。然後，這些屬於自己的時間該怎麼運用呢？
嗯～這個嘛，就用來想些無聊的事情吧。好比說，在嘲諷別人的同時擺出瀟灑的女僕姿勢。感覺不錯耶。
這招好就好在一輩子大概只會用到一兩次。該擺出什麼樣的姿勢呢？
就在我想了差不多三種姿勢的時候，聽到了葛德米利翁少爺的哭喊。
「愛阿妮絲，幫我……幫我啊！」
唉。
我拍拍手，制止那些對葛德米利翁少爺動粗的人。
「非常抱歉，請各位稍等。」
這麼說著，我抓住葛德米利翁少爺的脖子，把倒在地上的他拉起來。
「太、太慢了吧？為什麼不快點幫……唔喔！」
中斷葛德米利翁少爺說話的，是一記打在他肚子上的拳頭——我的拳頭。
「妳、妳做什麼……」
「葛德米利翁少爺將來要繼承戈德巴克家沒錯吧？」
「是、是啊。」
「身為繼承人，說過的話不可以反悔。這點您明白嗎？」

「話、話是這麼說沒錯……」

「您明白了嗎？」

「明、明白了……」

「很好。那麼，請您加油。三位，不好意思讓你們久等了。請將你們的不滿發洩在葛德米利翁少爺身上。」

我向葛德米利翁少爺一鞠躬，隨即退到後面。

那就努力繼續思考剛才的事吧……奇怪？怎麼了嗎？三位？可以繼續啊？看你們好像在安慰葛德米利翁少爺，但是沒必要安慰他呀？呃，各位願意和解當然很值得高興啦……

屬於自己的時間看來就到這裡了。唉。

葛德米利翁少爺，要打架時麻煩先看清楚對手。無論怎麼看，對方都比您強不是嗎？而你居然還想同時對付三個……幸好這裡是學園。如果在學園外，就會變成令人想都不敢去想的慘劇了。

我參加就會贏？當然會。

啊，不過葛德米利翁少爺會扯後腿，說當然會贏太誇張了。

如果葛德米利翁少爺能夠退到後面不參戰，要打贏自然毫無問題……咦？您怎麼哭了？如果有時間哭，不如努力變強。還有，說大話要適可而止。這點我已經提醒過您很多次嘍。好了，別動。我幫您把亂掉的頭髮整理好，安分一點。

我走在葛德米利翁少爺後方不遠處。這是最適合女僕的位置。

若是有人從前方襲擊，就能拿葛德米利翁少爺當盾，然後我趁機逃走。

喔，請別誤會。我的忠誠屬於雇主戈德巴克家的當家老爺。我侍奉葛德米利翁少爺，是出於當家老爺的命令。而且，命令只要我當個照料生活起居的女僕。也就是說，我不是護衛。

就算不是護衛，侍奉對象陷入危機時也該以身為盾？麻煩別說蠢話。為什麼我非得做這種事不可？人家是僱用我當女僕喔？以身為盾不是我的工作。這和我是否比葛德米利翁少爺還要強無關。

如果葛德米利翁少爺受傷或死亡，雇主會責罵我？沒這回事。如果要防止他受傷或死亡，就該僱用護衛。喔，葛德米利翁少爺經常闖禍，與其安排護衛，不如把他關在家裡。

唉呀，緊急狀況。

在葛德米利翁少爺的前方，是他的同學阿爾弗雷德少爺。由於彼此派閥不同，直到不久前都沒有什麼接觸，不過阿爾弗雷德少爺的派閥在王都慶典過後開始對外交流，葛德米利翁少爺算是碰巧趕上這個機會。不，應該說是對方願意接納他吧。

以葛德米利翁少爺平常的態度看來，與他為敵才正常。想來是因為阿爾弗雷德少爺心胸寬大吧。

不過，葛德米利翁少爺因此得意忘形實在不好。即使阿爾弗雷德少爺不介意，他周圍的人可不見得一樣。我悄悄把手放到葛德米利翁少爺背上打暗號。

『請將對方看成當家老爺的上司來交談。要是敢講任何瞧不起阿爾弗雷德少爺的話，我就捅您。』

儘管已經超出女僕的本分，這是不得已。對方地位太高，我得避免葛德米利翁少爺犯錯，導致雇主家破人亡。

唉呀？葛德米利翁少爺，您怎麼哭了？阿爾弗雷德少爺很擔心喔。請抬頭挺胸。您看，阿爾弗雷德少爺邀您一起用餐。請好好地應對。

很好，做得不錯喔。應對不卑不亢，我始終相信您只要願意就做得到。

咦？阿爾弗雷德少爺也邀請我嗎？非常感謝您。

雖然很想立刻答應，我必須得到葛德米利翁少爺的許可。

「葛德米利翁少爺，我可以參加嗎？」

…………不行？我是不是聽錯啦～？應該是聽錯了吧？說過的話不能反悔？是的，就是這樣。所以我才要確認是不是聽錯了。

呵呵，我就說嘛。葛德米利翁少爺怎麼可能不讓我參加呢～那就好、那就好。

我們向阿爾弗雷德少爺道謝，並且離開現場。

「喂？吃飯時間快到了，跟他一起走就好了吧？」

葛德米利翁少爺，您還是老樣子呢。

請您先回想一下自己的模樣。方才您和別人打架弄得一身髒對吧？這副德行不能去別人家裡拜訪喔。必須先回去換衣服才行。

「呃，沒那麼髒吧？」

唉，您還不懂嗎？我的意思是，武裝不夠齊全不能去阿爾弗雷德少爺那裡。

沒錯，以現在的裝備，我連自己都保護不了。當然，我不會挑起戰鬥，對方應該也沒這個打算。

但是，這並不代表我可以不防備最糟的狀況。畢竟那裡比我強的人到處都是，怎麼能連裝備都落入下風呢？

我知道。我沒把葛德米利翁少爺當成戰力。不過，請您努力扮演我的武器庫。

沒錯，兩個人就能帶兩倍。如果有個萬一，請把武器遞給我。假如還有餘力，我會連葛德米利翁少爺的性命一起保住。

「妳就是不肯說一定會保護我對吧？」

「倘若想要我這麼說，請直接僱用我。我的月薪是十三枚銀幣。」

「這種月薪……爸爸絕對不是僱用妳當女僕。十三枚銀幣，那是付給戰鬥部隊隊長的薪水耶。一般女僕就算經驗老到，也只領得到五枚銀幣喔。」

「不是因為戈德巴克家很有錢嗎？」

「我們家是偏窮的子爵家喔。」

「可是，當家老爺僱用我的時候，發給我的是女僕裝耶？」

「那是因為妳一身殺手打扮吧？」

「僱用我的時候，他還說：『希望妳好好當個女僕。』」

「前面不是加了『平常』嗎？」

「不記得耶。唉呀，這部分就等改天回去時再談吧。好了，回去換衣服嘍。」

「妳是指回老家嗎？下次回老家要等到冬天耶。等……喂，不要扛我。我自己會走啦。」

我是愛阿妮絲，普通的女僕。對，非常普通。

阿爾弗雷德少爺那邊的餐點還是一樣美味。

要是葛德米利翁少爺也加入阿爾弗雷德少爺的派閥就好了，但是女僕不能說這種話。

我只會靜靜待在他身後。

12 夏季宴會

一個能感受到夏日有多炎熱的早晨。

我坐上飛毯巡視村裡的田地。

雖然自己走也可以，因為飛毯想載我，我就坐上去了。

順帶一提，酒史萊姆帶著酒和我共乘，所以看起來就像我一大清早邊喝酒邊巡田，讓我很困擾……

多諾邦他們用和善的眼神看著我。不是喔。在喝的只有酒史萊姆。

午餐。

桌上擺著看起來很適合配酒的重口味菜餚。

…………

我很高興妳們這麼體貼，不過妳們是覺得我一大清早就在喝酒，所以中午也會喝嗎？呃，當然有時候會想這麼做啦……多諾邦，別做什麼宴會準備。

很像宴會的午餐過後。

魔王來訪。在他身邊，老虎、貓姊姊和小貓們全員到齊，感情還是一樣好。

一看見我出現，老虎就想來我這邊，卻被貓姊姊們攔住了。想來不是貓姊姊們壞心眼，而是因為艾基斯在我頭上吧。

艾基斯看見貓姊姊們也沒飛起來，大概就維持原狀了。

唉呀，貓媽媽珠兒來到我腿上，真稀奇呢。

啊，要盯著貓姊姊們免得牠們亂來對吧？麻煩妳了。

和魔王聊過後，我收到阿爾弗雷德他們從王都學園送來的信，於是開始讀信。

他們似乎過得不錯。信上寫著，芙勞等人參加慶典帶給他們不少刺激。

嗯？還有比烏爾莎更強的人啊？

沒跟人家打起來吧？那就好。
世界很大，比自己強的人多得是，不可以大意喔。
我寫了類似這樣的回信。

傍晚。
小黑和小雪來了。
小黑的減肥成果還在。原本以為很快就會復胖，不過小黑似乎自己有在注意，看樣子沒問題。
今天做了什麼啊？和小黑一牠們去泳池？這樣啊，小黑一牠們應該很高興吧。
在那之後洗了個澡才回來？原來如此，我起先還在想，以去過泳池來說你這樣未免太乾淨了。
嗯？我身上有酒味？嗯，中午喝了點。
我知道、我知道。晚餐後一起喝吧。好乖、好乖。
話說回來，芙拉西亞沒給你添麻煩吧？

小黑減肥成功讓肚子變得結實，導致芙拉西亞開始尋找新的肚子。
尋找以前小黑引以為傲的福態肚子。
然而，對於小黑的子孫們來說，被芙拉西亞看上是萬萬不可的事態。對身材有自信的小黑子孫倒是無所謂，沒自信的則一看見芙拉西亞就跑。

然後私底下努力減肥。

結實的腹部或許比福態的肚子健康，但我覺得努力過頭也不好。減肥要把眼光放遠一點，慢慢來。

就我個人來說，多少有點胖也無所謂。

唉，所以之前小黑的肚子才會變成那樣……

這樣啊。

芙拉西亞現在不太會去那邊露臉啦？

雖然對芙拉西亞很抱歉，但小黑的子孫們應該比較安心了吧。那些剛出生不久的孩子，原本會從芙拉西亞面前走過，以測試膽量……還在繼續啊？

要是看見了，幫我提醒牠們別這麼做。一看到牠們那樣，芙拉西亞就會積極地餵牠們吃東西。

嗯，拜託嘍。

晚餐。

成了宴會。因為很多人沒辦法參加中午的宴會嘛。

鬼人族女僕們大概也猜到會這樣，因此端出了宴會菜色。偶爾還可以，但不能每天這樣喔。乾杯。

嗯？這些炸物的麵衣，是箱子們幫忙裹的？看來它們有努力工作，太好了。

這邊的酒呢？好幾種酒在杯裡分出層次的調酒，真漂亮。

這也是箱子們調的？很厲害嘛。
知道有這種技術之後，矮人們表示想要箱子。如果箱子們願意幫忙，就借他們用吧。
如果不借，他們大概會在廚房研究調酒喔。

趁著宴會還沒結束但孩子們已經吃完飯，我偷溜出來跑到中庭。小黑和小雪也跟著過來。
雖然在宴會上也算一起喝，不過那裡有點吵嘛。我在中庭一角鋪了塊布，坐下欣賞星空，同時來個小小的乾杯。
我是兌了果汁的低酒精度數調酒，小黑和小雪則是倒在盤子裡的葡萄酒。至於下酒菜……我拿了點毛豆來。哈哈哈，不想連皮吃是吧？知道了，我會幫你們剝，別急。按照小黑、小雪和我的順序喔。

隔天。
我吃完早餐，看見飛毯飄在大約五十公分高的位置等我。
飛毯上坐著露。
哦哦！終於能載著露飛行啦？
「呵呵，是啊。」
露笑容滿面。這樣很可愛喔。
…………嗯？怪了？

露的背上冒出蝙蝠翅膀。
而且仔細一看，露沒坐在飛毯上。差了那麼一點點距離，沒有碰到。
也就是說……露是自己飛的吧。
就像要證明這點一般，一旦露降低高度接觸飛毯，接觸飛毯的部分就會落地。而且反應非常劇烈。
……
真希望他們可以處得更好一點。

閒話　魔法人偶的足跡

這是現在的事。

我是自由的人偶。總是待在做什麼都不會挨罵的美好環境，做自己想做的事。

極力避開那些不想做的事。

可能就是因為這樣吧？我不知不覺成了傭兵團的突擊隊長。

我明明盡可能表現得像個女性了，為什麼會這樣呢？因為我把每個跑來搭訕的男性都揍一頓嗎？碰上強硬的對象就用強硬的手段拒絕，這樣應該算不上什麼罪惡吧？

總之呢，我好不容易辭掉傭兵的工作，現在是個女僕，受僱於戈德巴克家的當家。

名字也換過了，所以應該不會回到傭兵團了吧。現在我的名字是愛阿妮絲，傭兵團時代的名字已經扔掉了。

女僕的工作是照顧當家老爺的兒子，葛德米利翁少爺。這工作根本輕而易舉。和傭兵時代相比，現在的職場天天都和睡午覺沒兩樣，我不想丟掉這份工作。

可是，我碰上了出乎意料的狀況。

為什麼當家老爺之子就讀的學校，會有那種危險人物？

阿爾弗雷德少爺。

雖然年紀還小，卻是個吸血鬼。而且他身上有瘋狂探究者的血統，超危險。

畢竟普通吸血鬼已經夠難殺了。傭兵時代與吸血鬼為敵時，真的很辛苦。

對於這種存在就該保持距離。

烏爾莎小姐。

原本以為她只是個比較好動的行動派女生，不過仔細一看，那一頭讓人以為是金色的秀髮，其實閃著七彩光芒。也就是說，她是英雄女王的血親。

由於英雄女王獨身，應該是她兄弟姊妹的子孫吧。
我被英雄女王痛扁過兩次，碰到她就沒好事。何況她當年總是衝著我來，我完全不想靠近。

蒂潔爾小姐。
這不是神人族嗎——！
唉呀，一不小心就慌了。
這個種族傲慢又陰險，陰謀的背後總是有她們在。不僅如此，她們還動不動就來找麻煩，意外地好戰。明明魔法能力優秀，卻愛用拳腳——這就是神人族。甚至可以說，那些肚子裡沒壞主意又沒有揮拳打過來的神人族根本不算神人族。
不能扯上關係。雖然不該和她們扯上關係，我早就和神人族交手過幾十次，為時已晚。
希望我認識的那些不是她的親屬。

阿薩先生。
他是人工生命體對吧？王族守護者計畫的後期型吧？應該是比我晚五百年……不，晚了大約一千年才誕生的吧？一般來說，人工生命體的後期型用途容易固定化，在成本考量下往往會失去泛用性，但是王族守護者計畫另當別論。畢竟是王族用的，預算充足。
王族守護者計畫型號越後面，泛用性越好。也就是說，他什麼都做得到。儘管如此，他的用途卻固定為管家，真是不可思議的運用方式。他的主人在想什麼啊？他明明也能戰鬥。

無論如何，真虧他能活到現在。儘管他應該不認識我，看見類似的存在還是讓我有點開心。啊，說不定他之前保存在某處？畢竟那副身體看起來有好好整備嘛。

……………

也就是說，現在還有人工生命體用的整備槽（Maintenance Pot）？咦？真的假的？有還能運作的？我曾經找過，但是沒找到耶。就是因為這樣，我活動時才要抑制性能啊！非問出來不可！就算只有整備劑（Maintenance Drink）也無所謂。雖然整備劑效果比較差，對於現在的我來說一樣能幫上大忙。

我這麼想並跟蹤過他好幾次，但是每次都被甩開。

雖然也可以老實地正面交涉，從對方的角度看來，應該會把我當成人工活體人偶或魔法人偶，而不是人工生命體（同類）吧～

互毆或許能贏，但是這麼一來沒辦法問出情報。

目前我束手無策，真是頭痛。

阿薩先生的主人……我想應該就是阿爾弗雷德少爺他們的父親，因此恐怕要等到碰上那位父親才有機會。到時候就全力拜託他看看吧。

因此，在那之前我不想破壞阿薩先生對我的印象，要保持距離。

厄斯先生。

……………………這不是死靈王的部下嗎！

唉呀，不好。一不小心又慌了。

呃……雖然當時碰上的應該不是他，我記得數百年前交手過。

儘管土兵（Earth Soldier）不強，數量卻很多。不僅如此，它們還會共享戰鬥經驗採取對策，簡直就是犯規。我不想再碰上這些傢伙。

啊，對了、對了。土人偶一陷入危機就會呼喚死靈戰士（Death Warrior）或死靈騎士。死靈戰士和死靈騎士就只是純粹地強。這些傢伙我也不想再碰上。

這麼說來，當時我就是覺得一個人戰鬥太辛苦，才會加入傭兵團。

看見他會勾起悲傷的回憶，所以我不想靠近。

梅托菈小姐。

為什麼會有混代龍族（Elder Dragon）啊！

哪個世界會有人讓混代龍族當女僕啊！她們可是世界最強種之一！神代龍族（Ancient Dragon）？那已經相當於半神了！例外中的例外不考慮！

雖然外表是人，卻會自然而然地張設魔法護盾，所以內行人就看得出來！毫無疑問是混代龍族！我一清二楚！因為我以前被混代龍族追得很慘。雖然追我的是不同個體。

面對她，我毫無勝算。

不久前看到的混代龍族三人組年紀輕輕，所以我還能和她們一較高下，但是梅托菈小姐另當別論。萬一真的得和她交手，若不事先確保多種屠龍武器，恐怕小命難保。那些用來屠龍的武器都很大一把，揮舞起來非常遲鈍，所以我不太喜歡呢~不過嘛，性命比較重要。

還有，混代龍族裡有隻叫丹妲基的個體，大約三百年前我和她互毆過，所以我對混代龍族沒什麼好印象。

怪了？仔細一想，梅托菈小姐的氣息和丹妲基很像耶？她是冰龍（Ice Dragon）對吧？魔法護盾的習慣也……會是血親嗎？

無論如何，我不想靠近她。

我要再問一次。

為什麼會碰上這麼糟糕的狀況啊？

當家老爺的兒子葛德米利翁少爺運氣太差嗎？真想丟下葛德米利翁少爺逃走。

然而，我活得很久，知道做些太不講道義的事會留下禍根。

我和當家老爺也還有僱用契約。

更何況一旦逃跑，想要再次和阿薩先生接觸幾乎等於毫無希望。這種情況下，我還是當個普通的女僕，小心低調地度日吧。

……好的，阿爾弗雷德少爺邀少爺參加餐會是吧。哈哈哈哈哈。

我總不能拋下少爺不管對吧～

烏爾莎小姐，為什麼要拿著劍來到我面前？我只是個普通的女僕喔？麻煩您別向我挑戰。

阿爾弗雷德少爺，請您別露出一副要我認命的表情。

梅托菈小姐，為什麼要聞我的氣味？對這個氣味有印象？討、討厭啦～那是妳的錯覺。

蒂潔爾小姐，您想挖角讓我倍感榮幸，但是可以麻煩您在葛德米利翁少爺聽不到的地方講嗎？我也有我的立場要顧。

厄斯先生，怎麼了？對我有點印象？那是別人，絕對是別人。

阿薩先生……咦？您願意為我向主人交涉，讓我用整備槽？真的？甚至願意拿整備劑給我……太感謝您了！要道謝還太早？條件是當烏爾莎小姐的對手？意思是要我和她較量對吧？不要強人所難嘛～哈哈哈。

我打得相當認真，最後贏過了烏爾莎小姐。好險。

假如使用過整備槽，應該能贏得更漂亮一點，但是東西要得到阿薩先生的主人許可之後才能帶過來，還需要一些時間。

不過贏了就是贏了。整備槽也有著落，我心滿意足。感謝您的整備劑。這麼一來我的活動時間就能再延長一百年。

哎呀？烏爾莎小姐，有什麼事嗎？再來一場？願意等到整備劑生效的話，倒是無妨喔。

烏爾莎小姐目前的實力，我已經很清楚了。短時間內應該不用擔心會輸吧。

唉呀，葛德米利翁少爺，您怎麼愣住了？如果是因為我長得太美而看到呆掉就沒辦法了呢。

「才、才不是！」

不用否定得那麼用力……什麼事？您有什麼話想說嗎？

「妳……要辭職嗎？」

您在擔心什麼啊？只要當家老爺不開除我，我就還是您的女僕喔。

阿薩先生，麻煩您不要和阿爾弗雷德少爺商量什麼「這下子烏爾莎小姐的護衛就……」之類的話題行嗎？這會讓葛德米利翁少爺不安。我是戈德巴克家的女僕。

「愛阿妮絲……」

葛德米利翁少爺，我已經做好準備，一旦錢沒準時付清就會立刻辭職，這件事還請您務必轉告當家老爺。

「妳、妳啊……」

我叫做愛阿妮絲。雖然是人偶，現在是個普通的女僕。

Farming life
in another world.
Presented by Kinosuke Naito
Illustration by Yasumo

14

登場人物辭典

Characters
Isekai Nonbiri Nouka

◉人類

【街尾火樂】
穿越者暨「大樹村」村長，在異世界努力從事過去夢想的農業。

【畢莉卡・溫埃普】
年紀輕輕就拜入劍聖門下。展現才華後，因為道場出了麻煩而成為道場主人。為了擁有與劍聖稱號相符的強大，正在修練劍術。

【娜西】
加特的太太，娜特的母親。

【伊絲莉】
在學園結識烏爾莎他們的殺手？

◉地獄狼族

【小黑】
村內地獄狼的代表，也是狼群的首領。喜歡番茄。

【小雪】
小黑的伴侶。喜歡番茄、草莓與甘蔗。

【小黑一／小黑二／小黑三／小黑四 其他】
小黑跟小雪的孩子們，排行一直到小黑八。

【愛莉絲】
小黑一的伴侶。優雅恬靜。

【伊莉絲】
小黑二的伴侶。個性活潑。

【烏諾】
小黑三的伴侶。應該很強。

【耶莉絲】
小黑四的伴侶。喜歡洋蔥。性情凶暴？

【吹雪】
小黑四與耶莉絲的孩子。是變異種的冥界狼。全身雪白。

【正行】
小黑二與伊莉絲的孩子。有多位伴侶，是隻後宮狼。

◉惡魔蜘蛛族

【座布團】
村內惡魔蜘蛛的代表，負責製作衣物。喜歡馬鈴薯。

【座布團的孩子】
座布團所生的後代。一部分會於春天離家旅行，剩下的留在座布團身邊。

【枕頭】
座布團的孩子。第一屆「大樹村」武鬥會的優勝者。

◉諾斯底蜂種

【蜂】
村裡飼養的蜜蜂。與座布團的孩子維持共生（？）關係，為村子提供蜂蜜。

◉吸血鬼

【露露西・露】
村內吸血鬼的代表，別名「吸血公主」。擅長魔法，喜歡番茄。

【芙蘿拉・薩克多】
露的表妹。精通藥學，正在努力研究味噌與醬油。

【始祖大人】
露和芙蘿拉的爺爺。科林教的首領，人們稱他為「宗主」。

【阿爾弗雷德】
火樂與吸血鬼露的兒子。

【露普米莉娜】
火樂與吸血鬼露的女兒。

◉鬼人族

【安】
村內鬼人族的代表兼女僕長，負責管理村裡的家務。

【拉姆莉亞斯】
鬼人族女僕之一。主要負責照顧獸人族。

◉天使族

【蒂雅】
村內天使族的代表，別名「殲滅天使」。擅長魔法，喜歡黃瓜。

【格蘭瑪莉亞／庫德兒／可羅涅】
蒂雅的部下，以「撲殺天使」的稱號聞名。不時要負責抱著村長移動。

【琪亞比特】
天使族族長的女兒。

【蘇爾琉／蘇爾蔻】
雙胞胎天使。

【瑪爾比特】
琪亞比特的母親。天使族族長。

【琳夏】
蒂雅的母親。

【蒂潔爾】
火樂與天使族蒂雅的女兒。

【奧蘿拉】
火樂與天使族蒂雅的女兒。

【蘇爾蘿】
蘇爾琉與蘇爾蔻的母親。

◉蜥蜴人

【達尬】
村內蜥蜴人的代表。右臂纏有布巾，力氣很大。

【娜芙】
蜥蜴人之一。主要負責照顧二號村的半人牛族。

高等精靈

【莉亞】
村內高等精靈的代表，以旅行兩百年所培養出的知識，負責村子的建築工作（？）。

【莉格涅】
莉亞的母親。相當強。

【莉絲／莉莉／莉芙／莉柯特／莉婕／莉塔】
莉亞的血親。

【菈法／菈莎／菈菈薩／菈露／菈米】
跟莉亞她們會合的高等精靈。

加爾加魯德魔王國

【魔王加爾加魯德】
魔王。照理說應該很強才對。

【比傑爾・克萊姆・克洛姆】
魔王國四天王之一，負責外交工作，封伯爵。勞碌命。傳送魔法使用者。

【葛拉茲・布里多爾】
魔王國四天王之一，負責軍事工作，封侯爵。雖是軍略天才卻喜歡上前線。種族是半人牛。

【芙勞蕾姆・克洛姆】
村內魔族暨文官少女組的代表。暱稱「芙勞」，是比傑爾的女兒。

【優莉】
魔王之女。擁有未經世事的一面，曾在村子住過幾個月。

【文官少女組】
優莉跟芙勞的同學兼朋友。在村裡擔任芙勞的部下非常活躍。

【菈夏希・德洛瓦】
文官少女組之一，伯爵家的千金。主要負責照顧三號村的半人馬族。

【荷・雷格】
魔王國四天王，負責財務工作。暱稱「荷」。

【安妮・羅修爾】
魔王之妻。貴族學園的學園長。

【阿蕾夏】
以商人名額進入貴族學園就讀。畢業後，擔任學園的職員。

【安德麗】
普加爾伯爵的七女。在貴族學園結識戈爾他們。

【琪莉莎娜】
格里奇伯爵的五女。在貴族學園結識戈爾他們。

龍

【德萊姆】
在南方山脈築巢的龍，別名為「守門龍」。喜歡蘋果。

【葛菈法倫】
德萊姆的夫人，別名「白龍公主」。

【拉絲蒂絲姆】
村內龍族代表，別名「狂龍」。是德萊姆和葛菈法倫的女兒。喜歡柿餅。

【德斯】
德萊姆等人的父親，別名「龍王」。

【萊美蓮】
德萊姆等人的母親，別名「颱風龍」。

【哈克蓮】
德萊姆姊姊（長女），別名「真龍」。

【絲依蓮】
德萊姆姊姊（次女），別名「魔龍」。

【馬克斯貝爾加克】
絲依蓮的丈夫，別名「惡龍」。

【海賽兒娜可】
絲依蓮和馬克斯貝爾加克的女兒，別名「暴龍」。

【賽琪蓮】
德萊姆的妹妹（三女），別名「火焰龍」。

【德麥姆】
德萊姆的弟弟。

【廓恩】
德麥姆的妻子。父親是萊美蓮的弟弟。

【廓倫】
賽琪蓮的丈夫。廓恩的弟弟。

【古拉兒】
暗黑龍基拉爾的女兒。

【火一郎】
火樂與哈克蓮的兒子。人類與龍族的混血。

【基拉爾】
暗黑龍。

【古隆蒂】
多（八）頭龍。基拉爾的太太。古拉兒的母親。

【梅托菈】
混代龍族。負責照料在學園生活的孩子們。別名「丹妲基」。

【托席菈】
混代龍族。在萊美蓮底下工作。梅托菈的妹妹。

NEW **【庫庫爾坎】**
火樂和拉絲蒂的兒子。拉娜農的弟弟。

◉古惡魔族

【古吉】
德萊姆的隨從，也是相當於智囊的存在。

【布兒佳／史蒂芬諾】
古吉的部下，現在擔任拉絲蒂絲姆的傭人。

【普拉妲】
在德萊姆巢穴工作的惡魔族女僕之一。嗜好是蒐集藝術品。

【薇爾莎】
始祖大人的妻子。

◉惡魔族

【庫茲汀】
四號村的代表。村內惡魔族的代表。

◉獸人族

【格魯夫】

從好林村移居至大樹村的戰士。負責擔任村長的護衛。

【賽娜】

村內獸人族的代表，從好林村移居至大樹村。

【瑪姆】

獸人族移民之一。主要負責照顧樹精靈族。

【戈爾】

幼年時移居至大樹村的三個男孩之一。個性認真。

【席爾】

幼年時移居至大樹村的三個男孩之一。容易衝動。

【布隆】

幼年時移居至大樹村的三個男孩之一。做事可靠。

【加特】

好林村村長的兒子，賽特的哥哥。村裡的鍛冶師。

【娜特】

加特和娜西的女兒。生而為父方種族獸人族。

◉長老矮人

【多諾邦】

村內矮人的代表。最早來到村裡的矮人，也是釀酒專家。

【威爾科克斯／庫洛斯】

繼多諾邦之後來到村子的矮人，也是釀酒專家。

◉夏沙多市鎮

【麥可・戈隆】

人類。夏沙多市鎮的商人，戈隆商會的會長。極其正常的普通人。

【馬龍】

麥可先生的兒子。下任會長。

【提特】

馬龍的堂弟。戈隆商會的會計。

【蘭迪】

馬龍的堂弟。戈隆商會的採購。

【米爾弗德】

戈隆商會的戰鬥隊長。

◉山精靈

【芽】

村內山精靈的代表，是高等精靈的亞種（？）。擅長建築土木工程。

◉半人蛇

【裘妮雅】

南方迷宮統治者。下半身為蛇的種族。

【絲涅雅】

南方迷宮的戰士長。

◉半人牛

【哥頓】

村內半人牛族的代表，是身軀龐大而且頭上長牛角的種族。

【蘿娜娜】
派駐員。魔王國四天王之一的葛拉茲為她著迷。

◉半人馬

【古露瓦爾德・拉比・柯爾】
村內半人馬族的代表。是一種下半身為馬的種族，腳程飛快。

【芙卡・波羅】
雖是男爵，卻是個小女孩。

◉樹精靈

【依葛】
村內樹精靈族的代表。是一種能變成樹椿和人類模樣的種族。

◉大英雄

【烏爾布拉莎】
暱稱「烏爾莎」。原為死靈王。

◉巨人族

【烏歐】
渾身長滿毛的巨人。性情溫厚。

◉墨丘利種（人工生命體）

【葛沃・佛格馬】
太陽城城主輔佐。初老。

【貝爾・佛格馬】
種族代表。太陽城城主首席輔佐。女僕。

【阿薩・佛格馬】
太陽城城主的專屬管家。

【芙塔・佛格馬】
太陽城的領航長。

【米優・佛格馬】
太陽城的會計長。

◉九尾狐

【陽子】
活了數百年的大妖狐。據說戰鬥力與龍族相當。

【一重】
陽子的女兒。已經誕生百年以上，不過還很幼小。

◉妖精

【妖精】
有翅膀的光球（乒乓球大小）。喜歡甜食。村裡約有五十隻。

【人型妖精】
嬌小的人型妖精。村裡約有十人。

【妖精女王】
人類樣貌的妖精女王。成年女性，高個子。人類小孩的守護者，在人界受到許多人尊崇。但龍不擅長應付妖精女王。

◉不死鳥

【艾基斯】
圓滾滾的雛鳥。跑步比飛行快。

◉蛇神族

【妮姿】
修得人身的蛇。同時也是蛇神的使徒，能夠和蛇對話。

◉雙頭犬

【歐爾】
有兩個頭的狗。比小黑牠們弱。

◉老虎

【蒼月】
聖獸山月的子孫。

◉魔法生物

NEW【智慧箱】
箱型魔法生物。村長撿到許多，如今在各地努力工作。

NEW【飛毯】
會飛行的魔法地毯。很喜歡村長，但是怕露。

◉其他

【史萊姆】
在村子裡的數量與種類日益增加。

【牛】
分泌牛奶，不過牛奶產量不像原世界的牛那麼多。

【雞】
提供雞蛋，不過雞蛋產量不像原世界的雞那麼多。

【山羊】
分泌山羊奶。一開始性格狂野，但後來變乖了。

【馬】
為了讓村長移動用而購買的。對古露瓦爾德抱持競爭意識。

【酒史萊姆】
村內的療癒代表。

【死靈騎士】
身穿鎧甲的骷髏，帶著一把好劍。劍術高手。

【土人偶】
烏爾莎的隨從。總是努力打掃烏爾莎的房間。

【貓】
火樂撿回來的貓。充滿謎團的存在。

後記

你好。我是長期（一年數個月）熱愛的遊戲存檔消失，因而絕望的內藤騎之介。

是的，消失了。非常突然。上網查詢原因後……嗯，就那個。硬體問題。對策是「去玩電腦版」。

電腦是寫作用的，所以安裝遊戲會讓人感到抗拒對吧～何況我能預見自己寫作一陷入瓶頸就啟動遊戲的未來。

這麼一來只能準備一臺專門玩遊戲的電腦，但是電腦的防毒軟體和作業系統都很花錢啊。還有，要放哪裡也是個問題。電腦需要不小的空間。所以我很煩惱，為了遊戲做到這種地步好嗎？

煩惱先放一邊，言歸正傳。

居然到了第十四集！真是可喜可賀！

然後呢，假如沒出任何問題，動畫應該差不多要開播了！太好啦！

至於沒播放的地區，有網路！網路播放！我想我應該也會用網路收看。敬請各位期待會動會說話的火樂、露和蒂雅等角色。我也很期待。

順便一提，最近我一直小心翼翼避免惹麻煩。

沒錯，原作者一旦惹出什麼事被抓出來當成新聞，就會立刻停止播放。這個業界還真是嚴苛。

所以我絕對不會上新聞。即使是地方版也一樣。
說是這麼說，但是我對於犯罪毫無頭緒。順手牽羊、電車色狼、偷窺、跟蹤、逃稅、使用非法藥物等可能上新聞的行為，我都沒碰。

我又不開車，想來也不會肇事逃逸。自己講雖然有點怪，但我是個不會惹事的原作者！呃，不過，身為一個社會人士，這是很理所當然的事嘛。
所以，我需要小心的，其實是被犯罪行為牽扯進去。
首先，深夜不外出。不理會可疑的勸說。遵守交通號誌。盡可能地在警局附近行動，努力避免被犯罪牽扯進去。是，我會努力！

…………

結果遭到警察盤問了。我做錯了什麼嗎？
不，倒也不是那種很認真的盤問，類似打聲招呼那種感覺吧。不過，那位警官的眼神，就像一隻盯上獵物的猛禽。絕對沒錯！（其實錯了。）我這個小市民一清二楚！（並不清楚。）
如此肯定的我，本回就寫到這裡。
我們下集再見吧。那麼就再會嘍。

內藤騎之介

作者 內藤騎之介

Kinosuke Naito

大家好，我是內藤騎之介。
一顆在情色遊戲農田裡收成的圓滾滾鄉下土包子。
過著有大量錯字漏字的人生。
還請多多指教。

插畫 やすも

Yasumo

有時玩遊戲，有時畫圖。
是一位插畫家。
希望自己能創作出更多元的題材。

異世界悠閒農家

14

芙勞&陽子的 下集預告閒～聊

我是芙勞。大家好！還有，這位是陽子小姐！

我是陽子。

拉麵很好吃對吧～（看著十四集的封面）

嗯，如果配上酒，味道會更好。

這時候應該說：「因為天氣冷。」

不，要是強調天氣寒冷，露肩的我不就顯得很奇怪嗎？

這時候就要請讀者想像一下，其實在沒畫出來的地方有大衣或圍巾。

仰賴讀者的想像力……不會給讀者添麻煩嗎？

若是買到十四集的讀者就沒問題！一定！

15

即將發售！

Next
Farming life
in another world.

原來如此。那麼，就當成我只在吃飯的時候露肩。

好的。那麼再來一次。拉麵很好吃對吧~

嗯，天氣冷就該吃拉麵！

既然得到結論，就該做下集預告了。

唉呀，的確是。下一集是……那個吧。來自人類國家的商隊。

牽扯上麻煩事對吧？

如果沒被牽扯進去就不用談了嘛。請好好努力。

還有別的嗎？

嗯。也和商隊有關，夏沙多市鎮北側發生了爆炸。

爆炸？就在出現引人興趣的詞語時，下集預告要結束了。

雖然很遺憾，但是沒辦法。下一集也請多指教嘍！

異世界漫步 1~2 待續

Kadokawa Fantastic Novels

作者：あるくひと　插畫：ゆーにっと

空離開艾雷吉亞王國，也多了一名旅伴！
抵達聖都後，竟然成了逃跑的聖女大人的護衛？

空一行人在沿途經過的城鎮聽說了著名的「降臨祭」的傳聞，便決定下一個目的地前往福力倫聖王國的聖都！在悠閒的旅途中，他活用「漫步」獲得的技能點數，時而拯救遭魔物襲擊的村莊，時而烹煮美味佳餚給同伴享用──悠閒的異世界旅程第二集！

各**NT$280/HK$93**

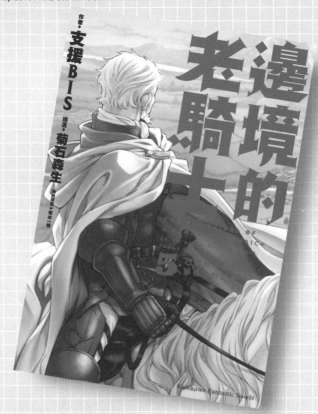

國家圖書館出版品預行編目資料

異世界悠閒農家/內藤騎之介作 ; Seeker譯. -- 初版.
-- 臺北市 : 臺灣角川股份有限公司, 2023.11-
冊 ;　公分
譯自 : 異世界のんびり農家
ISBN 978-626-378-165-8(第14冊 : 平裝)

861.57　　112015446

Kadokawa
Fantastic
Novels

異世界悠閒農家 14

（原著名：異世界のんびり農家 14）

2023年11月8日　初版第1刷發行

作　者：內藤騎之介
插　畫：やすも
譯　者：Seeker
發行人：岩崎剛人
總編輯：蔡佩芬
編　輯：彭曉凡
美術設計：莊捷寧
印　務：李明修（主任）、張加恩（主任）、張凱棋

發行所：台灣角川股份有限公司
地　址：104台北市中山區松江路223號3樓
電　話：（02）2515-3000
傳　真：（02）2515-0033
網　址：www.kadokawa.com.tw
劃撥帳戶：台灣角川股份有限公司
劃撥帳號：19487412
法律顧問：有澤法律事務所
製　版：巨茂科技印刷有限公司
ISBN：978-626-378-165-8